> Como diria Musset, o prazer das brigas é fazer as pazes.

CITAÇÕES, AFORISMOS E FRASES CÉLEBRES

MEU REINO POR UM CAVALO!

2

(William Shakespeare)

Edição, seleção e projeto gráfico
Ivan Pinheiro Machado

L&PM
EDITORES

TEXTO DE ACORDO COM A NOVA ORTOGRAFIA.

EDIÇÃO, SELEÇÃO, PROJETO GRÁFICO E CAPA: IVAN PINHEIRO MACHADO
ILUSTRAÇÃO DA CAPA: GILMAR FRAGA
FINALIZAÇÃO, APOIO MORAL E LOGÍSTICO: MARINA FERREIRA
REVISÃO: CAMILA FRISO
PRODUÇÃO: LÚCIA BOHRER E EQUIPE L&PM EDITORES (JANINE MOGENDORFF, MARIANA DONNER, KARINE VARGAS, CARLA UHLMANN, FERNANDA SCHERER E PAULA TAITELBAUM)
ILUSTRAÇÕES: ARQUIVO L&PM EDITORES E ISTOCK. AS DEMAIS ILUSTRAÇÕES ESTÃO CREDITADAS NAS PÁGINAS INTERNAS.

CIP-BRASIL. CATALOGAÇÃO NA PUBLICAÇÃO
SINDICATO NACIONAL DOS EDITORES DE LIVROS, RJ

M131
V. 2

MEU REINO POR UM CAVALO! 2: CITAÇÕES, AFORISMOS E FRASES CÉLEBRES / EDIÇÃO, SELEÇÃO E PROJETO GRÁFICO IVAN PINHEIRO MACHADO. - 1. ED. - PORTO ALEGRE, RS: L&PM, 2016.
    168 P. : IL. ; 21 CM.
    ISBN 978-85-254-3456-2

    1. CITAÇÕES. I. MACHADO, IVAN PINHEIRO 1953-.

16-37132   CDD: 808.88
                                       CDU: 82-84

COPYRIGHT (C) IVAN PINHEIRO MACHADO, 2016.

TODOS OS DIREITOS DESTA EDIÇÃO RESERVADOS A L&PM EDITORES
RUA COMENDADOR CORUJA, 314, LOJA 9 - FLORESTA - 90220-180
PORTO ALEGRE - RS - BRASIL / FONE: 51.3225.5777 - FAX: 51.3221.5380

PEDIDOS & DEPTO. COMERCIAL: VENDAS@LPM.COM.BR
FALE CONOSCO: INFO@LPM.COM.BR
WWW.LPM.COM.BR

IMPRESSO NO BRASIL
PRIMAVERA DE 2016

Índice

Elas & eles: amor e desamor 11
Autoajude-se 31
Dinheiro, poder & assemelhados 41
Amigos, fama & afins 53
(In)felicidade, beleza & outras coisas boas (e más) da vida 61
A vida como ela é 71
Penso, logo... não desisto 89
Arte, poesia & outros alimentos do espírito 103
O homem é bom? 115
O mundo em conflito: justiça, poder & outras batalhas 127
Viver & morrer: o drama de existir 141
Quem é quem 151

Citação: repetição incorreta do que foi dito por alguém.
(Ambrose Bierce)

> É do mistério que temos medo. É preciso que não haja mais mistério. É preciso que os homens desçam a esse poço escuro e dele retornem, e que digam que não encontraram nada.

Antoine de Saint-Exupéry

Elas & eles: AMOR E DESAMOR

> Se você não pode viver sem mim, por que não está morto ainda? (Cynthia Heimel)

UMA em cada DEZ mulheres reconhece que seu marido segue sendo o mesmo homem com quem ela se casou. **NOVE entre DEZ** dizem que ele mudou. **UMA em TRÊS mulheres** diz que ele mudou para pior.
(Pesquisa do Gallup Institute, *The Woman's Mind*)

Como seria o mundo sem os homens? Seria um mundo sem crimes e cheio de gordinhas felizes. (Nicole Hollander)

O AMOR ABRE O PARÊNTESE E O MATRIMÔNIO ENCERRA. (VICTOR HUGO)

AMAR É A DERROTA DA RAZÃO PELA TOLICE.
(WILLIAM SHAKESPEARE)

O ódio nos faz viver. O amor nos mata.
(Junqueira Freire)

VOCÊ NÃO SABE NADA DE UMA MULHER ATÉ ENCONTRÁ-LA NUM TRIBUNAL.
(NORMAN MAILER)

TODO CASAMENTO É UMA "SÍNDROME DE ESTOCOLMO". (L. POTTER)

E agora – que desfecho!
Já nem penso mais em ti...
Mas será que nunca deixo
de lembrar que te esqueci?
(Mario Quintana)

Minha mulher reduziu as nossas relações sexuais a uma vez por mês, mas conheço dois caras que ela cortou de vez.
(O autor da frase preferiu manter o anonimato)

O PRAZER DAS BRIGAS É FAZER AS PAZES.
(ALFRED DE MUSSET)

Casar significa fazer todo o possível para tornar-se objeto de uma aversão recíproca.
(Arthur Schopenhauer)

Se você quiser me amar, me ame: mas lembre-se que seu amor cria a cada minuto uma mulher mais bela e melhor do que eu, e você quer que eu me pareça com ela... (Colette)

Aqueles que amam ou duvidam de tudo ou não duvidam de nada. (Honoré de Balzac)

Sou aquela que passa e ninguém vê...
sou a que chamam triste sem o ser...
Sou a que chora sem saber por quê...
Sou talvez a visão que alguém sonhou
Alguém que veio ao mundo pra me ver
E que nunca na vida me encontrou!
(Florbela Espanca)

Ivan Pinheiro Machado

Cuidado com as mulheres envelhecidas que nunca foram nada a não ser jovens.
(Charles Bukowski)

Na Inglaterra, um homem acusado de bigamia foi salvo por seu advogado que provou que seu cliente tinha três mulheres.
(Georg Christoph Lichtenberg)

Despede teu pudor com a camisa
E deixa alada, louca, sem memória
Esta nudez nascida para a glória.
Sofrer do meu olhar que te heroíza.
(Paulo Mendes Campos)

Ivan Pinheiro Machado

NÃO SOU TÃO JOVEM PARA AMAR UMA MULHER SÓ POR CAUSA DE SEU ENCANTO, NEM TÃO VELHO PARA ME APAIXONAR POR ELA SEM MOTIVO.
(WILLIAM SHAKESPEARE)

É lamentável a desobediência universal e inoportuna desse membro que distende, fica ereto quando não queremos que fique e que nos decepciona quando mais precisamos dele... (Montaigne)

**POR QUE OS CÃES SÃO MELHORES DO QUE OS HOMENS?
CÃES ENTENDEM O QUE SIGNIFICA A PALAVRA "NÃO".
(AMANDA NEWMAN)**

**HOMEM E MULHER, MULHER E HOMEM... ISSO NUNCA VAI DAR CERTO.
(ERICA JONG)**

Certas mulheres amam tanto seus maridos que, para não desgastá-los, usam os das amigas. (Alexandre Dumas, filho)

SE AS MULHERES SÃO MELHORES DO QUE OS HOMENS, EU NÃO POSSO DIZER. MAS POSSO DIZER COM ABSOLUTA CERTEZA QUE ELAS NÃO SÃO PIORES. (GOLDA MEIR)

Depois?
Depois o café esfria
Depois a prioridade muda
Depois o encanto se perde
Depois o cedo fica tarde
Depois a saudade passa...

(Anônimo)

O AMOR É CEGO, POR ISSO NUNCA ACERTA O ALVO.
(WILLIAM SHAKESPEARE)

O AMOR É CEGO, MAS O CASAMENTO LHE RESTITUI A VISÃO.
(GEORG CHRISTOPH LICHTENBERG)

A única vez que Rifkin e sua mulher tiveram um orgasmo simultâneo foi quando o juiz lhes concedeu a certidão de divórcio. (Woody Allen)

O MAIOR CASTIGO PARA O HOMEM CASADO É QUE A MULHER ACABA FICANDO PARECIDA COM A SOGRA.
(OSCAR WILDE)

Já dei o primeiro passo para o meu divórcio. Acabei de noivar. (Pierre Doris)

A mulher é o ser mais perfeito entre as criaturas; ela é uma transição entre o homem e o anjo.
(Honoré de Balzac)

A MULHER DE TRINTA ANOS pode fazer-se jovem, representar todos os papéis, até tornar-se bela com uma infelicidade. A jovem apenas sabe gemer. Entre as duas há a incomensurável diferença entre o previsto e o imprevisto, a força e a fraqueza. *(Honoré de Balzac)*

A jovem acredita ter dito tudo quando tirou o vestido; já a **MULHER DE TRINTA ANOS** tem incontáveis atrativos e oculta-se sob mil véus. Ela acalenta todas as vaidades, enquanto a noviça oculta apenas uma. *(Honoré de Balzac)*

EU GOSTO MAIS DO MICKEY DO QUE DE QUALQUER MULHER QUE EU JÁ TENHA CONHECIDO.
(WALT DISNEY)

OS APAIXONADOS CHEGAM SEMPRE ANTES DA HORA.
(WILLIAM SHAKESPEARE)

> QUANDO NÃO SE AMA EXAGERADAMENTE, NÃO SE AMA O SUFICIENTE.
> (ROGER DE BUSSY-RABUTIN)

AMOR? PALAVRAS ANTES, PALAVRINHAS DURANTE, PALAVRÕES DEPOIS. (ÉDOUARD PAILLERON)

Não há pequenos acontecimentos para o coração. Ele aumenta tudo: põe na mesma balança a queda de um império e a queda de uma luva de mulher. (Honoré de Balzac)

Você vê muitos caras inteligentes com mulheres burras; mas você quase não vê mulheres inteligentes com caras burros. (Erica Jong)

• •

NÃO HÁ ESPAÇO PARA SOGRAS NO CORAÇÃO DOS GENROS. (FIÓDOR DOSTOIÉVSKI)

• •

TODOS OS HOMENS SÃO CHACAIS. POR ISSO VOCÊ PRECISA TER UM PARA PROTEGÊ-LA DO RESTO. (MARLENE DIETRICH)

• •

Uma mulher de trinta anos é uma de vinte anos que não tem quarenta. (Philippe Labro)

• •

CONFIE NO SEU MARIDO, ADORE O SEU MARIDO, MAS COLOQUE O MÁXIMO POSSÍVEL DE BENS EM SEU NOME. (JOAN RIVERS)

Eu quero amar, amar perdidamente!
Amar só por amar: aqui, além...
mais este e aquele, o outro e toda a gente...
Amar! Amar! E não amar ninguém!

(Florbela Espanca)

A gente ama alguém pelo que não é e deixamos de amar pelo que é. **(Serge Gainsbourg)**

Eu durmo sob a tua pele,
Só tu sabes... (Emmanuelle Riva)

O ciúme é um monstro gerado por si mesmo que nasce sem causa.
(William Shakespeare)

O DIVÓRCIO É QUASE TÃO ANTIGO QUANTO O CASAMENTO. MAS EU ACHO QUE O CASAMENTO É ALGUMAS SEMANAS MAIS ANTIGO. (VOLTAIRE)

Teu sorriso é imemorial
como as pirâmides
e puro como a flor que
abriu na manhã de hoje!
(Mario Quintana)

NÃO HÁ NADA QUE SE COMPARE AO CARINHO DE UMA MULHER CASADA. É UMA COISA QUE NENHUM MARIDO TEM A MENOR IDEIA. (OSCAR WILDE)

AMOR É O VENENO SERVIDO EM VASO DOURADO.
(CALDERÓN DE LA BARCA)

QUANDO VOCÊ ENTENDER QUE A MAIORIA DOS **HOMENS** SÃO COMO **CRIANÇAS**, VOCÊ ENTENDEU TUDO. (COCO CHANEL)

Amamos as mulheres lindas por um apelo natural, irresistível; as feias, por interesse, as boas, por sensatez. (Amelot de la Houssaye)

> Obrigada, adorei cada centímetro. (Mae West)

NADA MELHOR PARA A SAÚDE DO QUE UM AMOR CORRESPONDIDO. (VINICIUS DE MORAES)

O AMOR É UM GRAVE DISTÚRBIO MENTAL. (PLATÃO)

Eu gosto do corpo do homem. É melhor desenhado que o seu cérebro.

(Andrea Newman)

A ÚNICA COISA QUE ME IMPEDE DE SER FELIZ NO CASAMENTO... É O MEU MARIDO.
(ANDREA DOUGLAS)

Sexo é o único espetáculo que não é cancelado por falta de luz. (Laurence J. Peter)

NÓS TÍNHAMOS PELO MENOS UMA COISA EM COMUM: EU O **AMAVA** E **ELE SE AMAVA.** (SHELLEY WINTERS)

Shhh!

O homem que adivinha corretamente a idade de uma mulher – e diz – pode até ser inteligente, mas não é esperto.

(Linda Ellerbee)

TODA MULHER INTELIGENTE SABE QUE O CAMINHO MAIS CURTO PARA ATINGIR O CORAÇÃO DE UM HOMEM É ATRAVÉS DO SEU EGO. (ANÔNIMO)

É tão absurdo dizer que um homem não pode amar a mesma mulher toda a vida quanto dizer que um violinista precisa de vários violinos para tocar uma sinfonia.
(Honoré de Balzac)

Se o homem manda flores para sua mulher sem nenhuma razão – há uma razão. (Molly Mcgee)

SER MULHER É UMA TAREFA TERRIVELMENTE DIFÍCIL, UMA VEZ QUE CONSISTE BASICAMENTE EM LIDAR COM HOMENS. (JOSEPH CONRAD)

EU VIVIA SÓ... ENTÃO, ME DIVORCIEI.
(Anônimo)

A sra. Smith diz que pode saber exatamente quando o seu marido está mentindo. É quando ele move os lábios. (Amanda Newman)

Às mulheres que querem ser iguais aos homens, falta ambição. (Timothy Leary)

ESTOU APAIXONADA... ESTE CARA É TÃO DOCE QUE ATÉ ME BEIJOU ANTES DE FAZERMOS AMOR. (LAURA KIGHTLINGER)

Se o amor é cego, por que a maioria dos homens são atraídos só por mulheres lindas? (Beverly Mickins)

Pessoalmente nada sei sobre sexo. Sempre fui uma mulher casada. (Zsa Zsa Gabor)

AUTOAJUDE-SE

TEMOS UM ÚNICO DEVER, SERMOS FELIZES.
(DENIS DIDEROT)

☹ 😐 ☺

> Limita teus desejos pelas coisas desse mundo e vive satisfeito. Desprende-te dos entraves do bem e do mal deste mundo. Pega a taça e brinca com os cachos da amada, pois, rapidamente, tudo passa... e quantos dias nos restam? (Omar Khayyam)

A INDECISÃO É O PIOR DOS MALES.
(RENÉ DESCARTES)

Há momentos em que é preciso escolher entre viver a própria vida de maneira plena, inteira, completa, ou prolongar a existência degradante, vazia e falsa que o mundo, em sua hipocrisia, nos impõe. (Oscar Wilde)

Pois não são os **banquetes** e as **festas** constantes, nem os gozos que encontramos com **garotos** e **mulheres**, não mais que os peixes e todos os alimentos de uma mesa farta que produzem uma vida de **prazer,** mas o pensamento sóbrio que busca as causas das nossas escolhas e afasta de nós as ações que repudiamos. (Epicuro)

Ser feliz, portanto, é ter o julgamento reto; ser feliz é contentar-se com seu destino, seja ele qual for, e amar o que se tem. (Sêneca)

O SÁBIO PERSEGUE A AUSÊNCIA DE DOR, E NÃO O PRAZER. (ARISTÓTELES)

VISTO QUE RECEBESTE TUDO
DÁ, DÁ, DÁ,
DÁ ÀQUELES QUE ESTÃO PERDIDOS,
ÀQUELES QUE ESTÃO NUS. (BORIS VIAN)

FECHA OS OLHOS E TU VERÁS.
(JOSEPH JOUBERT)

PARA QUEM SABE ESPERAR, O TEMPO ABRE AS PORTAS.
(PROVÉRBIO CHINÊS)

Todos os homens precisam de alimento... Mas há outra coisa da qual precisamos: saber quem somos e por que vivemos.
(Jostein Gaarder)

SOMENTE **O PRESENTE É VERDADEIRO E EFETIVO:** ELE É O TEMPO REALMENTE PREENCHIDO, E É SOBRE ELE EXCLUSIVAMENTE QUE REPOUSA NOSSA EXISTÊNCIA. (ARTHUR SCHOPENHAUER)

Temos a idade do nosso humor. (Catherine Rambert)

No futuro, saiba que toda situação está sujeita a reviravoltas e que tudo o que acontece com qualquer pessoa também pode acontecer contigo. (Sêneca)

SE NÃO QUISER QUE OS OUTROS SAIBAM, É MELHOR NÃO FAZER.

(Provérbio chinês)

Por mais seguro e firme que sejas, cuida
para não causares dano a ninguém;
Que ninguém precise sofrer o peso de tua cólera.
Se o desejo de paz eterna existe dentro de ti,
sofre sozinho, sem que possam, ó vítima,
chamar-te de algoz.

(Omar Khayyam)

Nunca somos nem tão felizes nem tão infelizes quanto pensamos.

(La Rochefoucauld)

> A felicidade não é uma recompensa, é uma consequência.
>
> (Robert G. Ingersoll)

Não peça para que as coisas aconteçam da maneira que você quer. Deixe que aconteçam da maneira como devem acontecer e você será feliz. (Epiteto)

É INÚTIL SACAR A ESPADA PARA CORTAR A ÁGUA; A ÁGUA CONTINUARÁ CORRENDO. (LI BAI)

A NOITE MAIS ESCURA SEMPRE TEM UM FIM LUMINOSO.
(POETA ANÔNIMO PERSA)

Dinheiro, poder & assemelhados

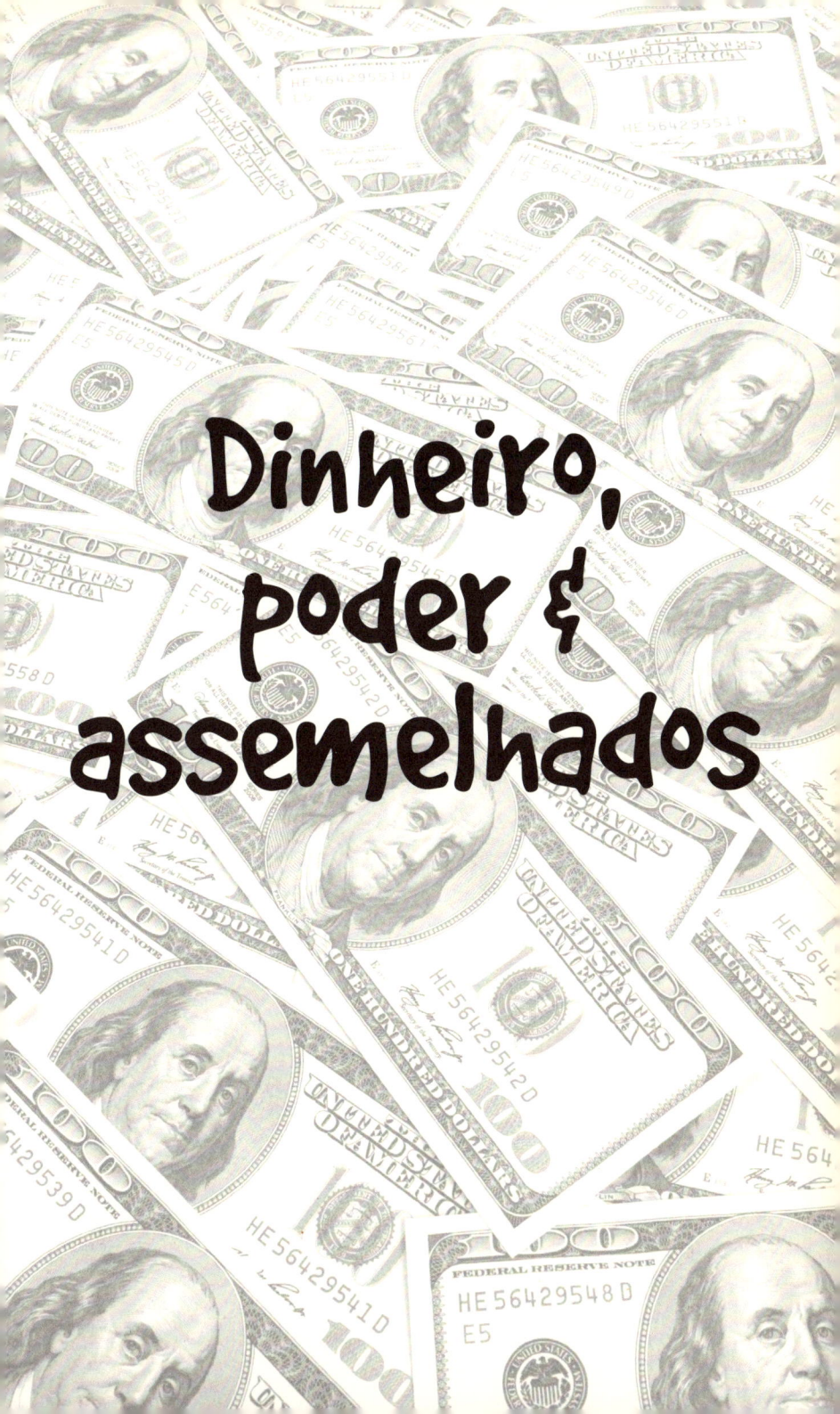

"Palavras não pagam dívidas."

"Quando os juízes roubam, dão licença aos ladrões para roubar."

(William Shakespeare)

Se você quer saber o valor do dinheiro, basta emprestá-lo.
(Benjamin Franklin)

O OURO NÃO PERTENCE AO AVARO; É O AVARO QUE PERTENCE AO SEU OURO. (PROVÉRBIO CHINÊS)

QUANDO EU ERA JOVEM, ACHAVA QUE O DINHEIRO ERA O QUE HAVIA DE MAIS IMPORTANTE NA VIDA. HOJE EM DIA EU TENHO CERTEZA.
(OSCAR WILDE)

Devemos nos livrar da prisão dos negócios cotidianos e públicos. (Epicuro)

Lênin disse que a melhor forma de destruir o sistema capitalista era corrompendo o dinheiro. Ele estava certo. Por um processo contínuo de inflação os governos podem confiscar, sem ser flagrados, uma parte importante da riqueza dos cidadãos. (John Maynard Keynes)

As joias são a última coisa que se compra e a primeira que se vende. (Provérbio chinês)

A RIQUEZA TORNA TUDO SUPORTÁVEL, AO PASSO QUE NÃO HÁ FELICIDADE QUE A MISÉRIA NÃO DESTRUA. (HONORÉ DE BALZAC)

NA FRANÇA O DINHEIRO É UM PECADO MUITO FEIO. É POR ISSO QUE OS FRANCESES CADA VEZ MAIS VÃO SE **CONFESSAR** NA **SUÍÇA.** (JACQUES MAILHOT)

SER RICO NÃO É TER DINHEIRO, É GASTAR. (SACHA GUITRY)

Se você quer que um criminoso pague... torne-se um advogado. (Will Rogers)

O ADVOGADO É UM CAVALHEIRO QUE PÕE OS NOSSOS BENS A SALVO DE NOSSOS INIMIGOS E OS GUARDA PARA SI.

(HENRY PETER BROUGHAM)

SOMOS ROUBADOS NA BOLSA COMO SOMOS MORTOS NA GUERRA: POR GENTE QUE NÃO ENXERGAMOS. (ALFRED CAPUS)

Mirabeau é capaz de tudo por dinheiro... até de uma boa ação. (Antoine Rivarol)

JÁ FUI RICA E JÁ FUI POBRE... ACREDITE: SER RICA É MUITO MELHOR. (SOPHIE TUCKER)

EM PARIS, TODAS AS PAIXÕES RESUMEM-SE A DUAS COISAS: OURO E PRAZER.

(HONORÉ DE BALZAC)

COM DINHEIRO NO BOLSO, VOCÊ É ESPERTO, BONITO E CANTA BEM. (PROVÉRBIO JUDAICO)

O FRACASSO É UMA EXCELENTE OPORTUNIDADE DE RECOMEÇAR, DESTA VEZ COM INTELIGÊNCIA.
(HENRY FORD)

SE VOCÊ QUER FICAR RICO, ACORDE CEDO, TRABALHE MUITO E ENCONTRE PETRÓLEO.
(JEAN PAUL GETTY)

A MALDIÇÃO DO DINHEIRO É O DEVER DE CONVIVER COM OS RICOS. (LOGAN PEARSALL)

NOS BANQUEIROS, O CORAÇÃO NÃO É NADA MAIS DO QUE UMA VÍSCERA. (HONORÉ DE BALZAC)

Não sei por que as mulheres precisam tanto de dinheiro. Em geral, elas não bebem, não jogam e... não têm mulheres.
(Jean Rigaux)

O AVARENTO É AQUELE QUE VIVE COMO MISERÁVEL PARA MORRER RICO. (MOLIÈRE)

DIZEM QUE O DINHEIRO FALA, MAS BOM MESMO É O DÓLAR, QUE FALA VÁRIAS LÍNGUAS.
(MILLÔR FERNANDES)

A **CARIDADE** DO POBRE É QUERER BEM AO RICO. (ANATOLE FRANCE)

NA VIDA, É PRECISO ESCOLHER: GANHAR DINHEIRO OU GASTAR. NÃO HÁ TEMPO PARA FAZER OS DOIS.
(ÉDOUARD BOURDET)

O dinheiro não faz a felicidade... de quem o emprestou. (Pierre Perret)

A necessidade nunca fez bons negócios.
(Benjamin Franklin)

Um homem é um sucesso se pula da cama de manhã e vai dormir à noite, e nesse meio-tempo faz o que gosta.
(Bob Dylan)

Amigos, fama & afins

EXISTEM TRÊS TIPOS DE AMIGOS: AQUELES QUE, COMO O ALIMENTO, NÃO PODEMOS PASSAR SEM; AQUELES QUE, COMO UM REMÉDIO, PRECISAMOS DE VEZ EM QUANDO; E AQUELES QUE, COMO UMA DOENÇA, NÃO QUEREMOS VER DE JEITO NENHUM.

(SOLOMON IBN GABIROL)

NO FUTURO, TODOS TERÃO SEUS 15 MINUTOS DE FAMA. (ANDY WARHOL)

Meus verdadeiros amigos sempre me deram uma prova suprema de seus sentimentos: uma aversão imediata pelos homens que amei.

(Colette)

De todas as coisas que nos oferece a sabedoria para a felicidade de toda a vida, a maior de todas é ter amigos.

(Epicuro)

TRATE SEUS AMIGOS COMO SEUS QUADROS: COLOQUE-OS SEMPRE NA LUZ MAIS FAVORÁVEL. (JENNIE J. CHURCHILL)

"Não tenho sorte: se eu ficasse célebre, ninguém ficaria sabendo."
(Pierre Étaix)

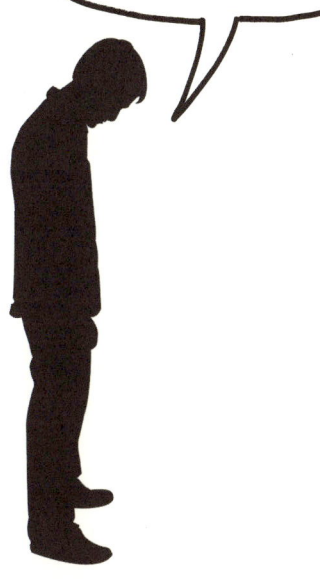

O SÉCULO ESTÁ PASSANDO MUITO RÁPIDO. AS PESSOAS FICAM CÉLEBRES ANTES DE SEREM CONHECIDAS...
(ALEXANDRE VIALATTE)

A vida sem um amigo é a morte sem testemunha.
(George Herbert)

Celebridade é aquela pessoa conhecida por ser muito conhecida. (Daniel J. Boorstin)

Não há deserto mais terrível do que o de viver sem amigos. A amizade multiplica os bens e compartilha os males. É o único remédio contra a má sorte; é o respiradouro por onde a alma se alivia.
(Jean de La Bruyère)

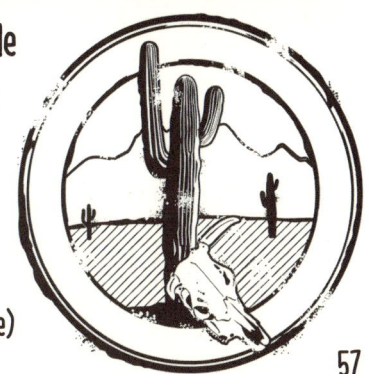

QUEM NÃO ESTÁ COMIGO, ESTÁ CONTRA MIM.
(*Bíblia Sagrada*, Mt 12:30 e Lc 11:23)

Não pode ser meu amigo o inimigo do meu amigo. (São João Crisóstomo)

QUE HAJA RISO NA DOÇURA DA AMIZADE E UM COMPARTILHAMENTO DE PRAZERES. POIS É NO ORVALHO DAS COISAS MODESTAS QUE O CORAÇÃO ENCONTRA SUA MANHÃ E SEU FRESCOR.
(KHALIL GIBRAN)

SEI QUE OS BRAÇOS DA AMIZADE SÃO LONGOS O BASTANTE PARA DAR A VOLTA NO MUNDO INTEIRO.

(MONTAIGNE)

Amigo é como ar-condicionado, só falha quando a gente precisa. (Anônimo)

A AMIZADE É MAIS DOCE DO QUE A ÁGUA E MAIS NECESSÁRIA DO QUE O FOGO. (MONTAIGNE)

MINHA CELEBRIDADE PERMITE QUE EU SEJA INSULTADO EM LUGARES ONDE NENHUM NEGRO TEM A ESPERANÇA DE SER INSULTADO. (SAMMY DAVIS JR.)

AMIGO É AQUELE QUE DETESTA AS MESMAS PESSOAS QUE VOCÊ. (ANÔNIMO)

(In)felicidade, beleza
& outras coisas boas (e más) da vida

INFELIZMENTE SÓ POSSO COMPRAR O QUE ESTÁ À VENDA, SENÃO HÁ MUITO TEMPO TERIA COMPRADO UM POUCO DE FELICIDADE.

(JEAN PAUL GETTY)

Um homem que só bebe água tem um segredo a esconder.
(Charles Baudelaire)

— Como foi o jantar na casa da Marquesa? — perguntou o Barão.

— Ora... se a sopa estivesse tão quente quanto o vinho, o vinho fosse tão velho quanto o pato e o pato tão gordo quanto a Marquesa, teria sido um bom jantar.

(Anônimo francês)

– Por que você bebe? – perguntou o Pequeno Príncipe.
– Para esquecer – respondeu o bêbado.
– Esquecer o quê?
– Para esquecer que eu tenho vergonha.
– Vergonha do quê?
– Vergonha de beber!

(Adaptado de *O pequeno príncipe*, de Antoine de Saint-Exupéry)

◇◇◇◇◇◇◇◇◇◇◇◇◇◇◇◇◇◇◇◇◇◇◇◇◇◇◇◇◇◇◇◇◇

Felicidade é uma boa conta num banco, uma boa cozinheira e uma boa digestão.

(Jean-Jacques Rousseau)

Ainda estou para conhecer o homem que tenha tanta afeição pela virtude como pela beleza feminina. (Confúcio)

A BELEZA É UMA BREVE TIRANIA.
(ZENO)

NÃO É O JOVEM QUE DEVE SER CONSIDERADO UMA CRIATURA DE SORTE, E SIM O VELHO, POIS O JOVEM (...) VAI PARA LÁ E PARA CÁ AO SABOR DO ACASO, HESITANDO EM SUAS CRENÇAS, AO PASSO QUE O VELHO ATRACOU NO PORTO, JÁ TENDO GARANTIDO PARA SI A VERDADEIRA FELICIDADE. **(EPICURO)**

SE O FLUMINENSE JOGASSE NO CÉU, EU MORRERIA PARA VÊ-LO JOGAR.
(NELSON RODRIGUES)

ELE NASCEU IDIOTA E COM O TEMPO RECEBEU UM REFORÇO. (RENÉ BAER)

TANTO NAS IDEIAS, COMO NOS JANTARES, SE VOCÊ QUER SER NOTADO, MUITAS VEZES É MELHOR SER O ÚLTIMO A CHEGAR.
(FERNAND VANDÉREM)

Não temos o direito de consumir a felicidade sem produzi-la. (Bernard Shaw)

Se minha casa pegar fogo, entre o Velázquez e o meu gato, eu salvo o gato. (Alberto Giacometti)

> **SER FELIZ É TER UMA SAÚDE BOA E UMA MEMÓRIA RUIM.**
> (INGRID BERGMAN)

FELICIDADE É A ÚNICA COISA QUE PODEMOS DAR SEM POSSUIR. (VOLTAIRE)

A felicidade é uma recompensa que é dada àqueles que não a procuraram. (Alain)

FOBIA É MEDO COM Ph.D.
(Millôr Fernandes)

GASTRONOMIA É COMER OLHANDO PARA O CÉU.
(MILLÔR FERNANDES)

A BELEZA ATRAI OS LADRÕES, MAIS DO QUE O OURO.

(WILLIAM SHAKESPEARE)

O vinho é como o homem: não se saberá nunca até que ponto podemos amá-lo ou odiá-lo; nem de que atos sublimes ou perversidades monstruosas é capaz. (Charles Baudelaire)

A beleza, a última vitória possível do homem que não tem mais esperança.

(Franz Kafka)

Fala CHARLIE BROWN!
BY SCHULZ

A vida é como um sorvete de casquinha, você tem que aprender a equilibrá-la.

EU PERCEBI QUE, QUANDO VOCÊ TENTA BATER EM ALGUÉM, EXISTE A TENDÊNCIA DE ESSA PESSOA BATER EM VOCÊ DE VOLTA.

Dizem que os opostos se atraem... Ela é o máximo e eu sou um nada... Dá pra ser mais oposto do que isso?

É uma perda de tempo ficar na frente de uma caixa de correio esperando uma carta de amor... Não adianta nada... acredite em mim, eu sou um especialista!

Charles M. Schulz, *A vida segundo Peanuts* (L&PM, 2011).

A vida como ela é*

---
* D'après Nelson Rodrigues.

Você é você / E eu sou eu / Tentamos misturar / E veja no que deu...

(Millôr Fernandes)

∙ ∙

Há quatro idades na vida de um homem:
- Quando ele acredita em Papai Noel.
- Quando ele não acredita mais em Papai Noel.
- Quando ele é o Papai Noel.
- Quando ele parece o Papai Noel.

(Anônimo)

∙ ∙

SE ISTO FOR UM CAFÉ, POR GENTILEZA, ME TRAGA UM CHÁ; MAS SE ISTO FOR UM CHÁ, POR FAVOR, ME TRAGA UM CAFÉ.
(ABRAHAM LINCOLN)

- VOCÊ VAI MATAR SEU PAI E A MIM DE DESGOSTO...
- MELHOR. ASSIM NINGUÉM VAI ACHAR A ARMA DO CRIME.

(MICHEL AUDIARD)

> O segredo de desagradar é dizer tudo. (Voltaire)

O HÁBITO, ESTE DEMÔNIO QUE DEVORA TODOS OS SENTIMENTOS. (William Shakespeare)

O homem nunca é ele mesmo quando fala de si próprio. Dê-lhe uma máscara e ele dirá a verdade. (Oscar Wilde)

A **CENSURA**, SEJA QUAL FOR ELA, ME PARECE UMA MONSTRUOSIDADE, UMA COISA PIOR QUE UM HOMICÍDIO; O ATENTADO CONTRA O CONHECIMENTO É UM CRIME DE LESA-ALMA. A MORTE DE SÓCRATES PESA AINDA SOBRE O GÊNERO HUMANO.

(GUSTAVE FLAUBERT)

O médico vê o homem em toda a sua fraqueza; o advogado, em toda a sua maldade; e o sacerdote, em toda a sua imbecilidade.

(Arthur Schopenhauer)

A FELICIDADE É SAUDÁVEL PARA O CORPO, MAS É A TRISTEZA QUE DESENVOLVE AS FORÇAS DO ESPÍRITO.
(MARCEL PROUST)

O diplomata indagou:
— O tabaco lhe incomoda, princesa?
— Ignoro, embaixador. Até hoje, ninguém ousou fumar na minha presença.

(Princesa de Metternich)

UM POUCO DE SINCERIDADE PODE SER MUITO PERIGOSO, MUITA SINCERIDADE É TOTALMENTE FATAL.

(OSCAR WILDE)

A ABSTINÊNCIA É UMA BOA COISA DESDE QUE PRATICADA COM MODERAÇÃO.
(PROVÉRBIO IRLANDÊS)

A MELANCOLIA É UMA DOENÇA QUE CONSISTE EM VER AS COISAS EXATAMENTE COMO ELAS SÃO.

(GÉRARD DE NERVAL)

UM HOMEM QUE FALA UM IDIOMA QUE NÃO É O SEU, SEM SOTAQUE, OU É UM ESPIÃO OU NÃO TEM CARÁTER.

(GRAHAM GREENE)

Sorri com tranquilidade se alguém te calunia. Quem sabe o que não seria se ele dissesse a verdade.

(Mario Quintana)

Eu, por exemplo, saí do nada e cheguei à extrema pobreza.

Se eu pudesse recomeçar a minha vida, eu cometeria os mesmos erros, mas muito mais cedo.

(Groucho Marx)

EU QUERIA VIVER COMO POBRE, MAS COM MUITO DINHEIRO.

(PABLO PICASSO)

QUANTO MAIS EU TREINO, MAIS SORTE EU TENHO. (TIGER WOODS)

A PERUCA É O SÍMBOLO IDEAL PARA O ERUDITO PURO. SÃO HOMENS QUE ADORNAM SUAS CABEÇAS COM UMA RICA MASSA DE CABELO ALHEIO, PORQUE CARECEM DE CABELOS PRÓPRIOS.

(ARTHUR SCHOPENHAUER)

Temos que acreditar na sorte. Sem ela, como vamos explicar o sucesso das pessoas que nós não gostamos? (Jean Cocteau)

Um bilhete de **GEORGE BERNARD SHAW** para **WINSTON CHURCHILL**:

"Caro Winston, estou enviando duas entradas para a estreia da minha nova peça: uma para você e outra para um amigo, se tiver."

A resposta de Churchill:

"Caro Bernard, não poderei comparecer à primeira noite; mas certamente irei na segunda, se houver."

Bebi uma garrafa de champagne, o que sobrou de um bourbon Old Grand-Dad e comecei um vinho tinto, sempre comendo queijo Limburger e bolachinhas. (..) Me senti esquisito nas 24 horas seguintes. Esse tipo de vida pode resultar, no entanto, pouco saudável, a longo prazo.

(Edmund Wilson)

O que mata um jardim é esse olhar vazio de quem por ele passa indiferente. (Mario Quintana)

CORAGEM: A ARTE DE TER MEDO, SEM DEMONSTRAR. (PIERRE VÉRON)

As quatro idades do homem são: a infância, a adolescência, a juventude e a obsolescência. (Art Linkletter)

O ÁLCOOL É UM INIMIGO. E QUEM FOGE DO INIMIGO É UM COVARDE.
(ANÔNIMO)

NÃO PASSAS DE UMA ALMA DÉBIL QUE ANIMA UM CADÁVER. (EPITETO)

Inteligência significa não cometer duas vezes o mesmo erro. (Anônimo)

O PESSIMISTA É UM TIPO QUE CONVIVEU TEMPO DEMAIS COM OS OTIMISTAS. (ROBERT BEAUVAIS)

É BOM FALAR, MAS É MELHOR CALAR-SE.
(La Fontaine)

QUANDO ACABARAM OS COMBATES DE GLADIADORES, OS CRISTÃOS INSTITUÍRAM A VIDA CONJUGAL.

(GUIDO CERONETTI)

A Inglaterra não tem nada contra a Europa. É dos italianos, dos alemães e dos franceses que nós não gostamos. (*The Guardian*)

Ah! Esses ingleses...

Quando eu cheguei na Grã-Bretanha, há muito tempo, os ingleses eram grandes, magros e tristes. Já, atualmente, eles são grandes, magros e tristes.

(George Mikes)

NA INGLATERRA TEMOS DUAS DISTRAÇÕES: O VÍCIO E A RELIGIÃO. (SIDNEY SMITH)

A Inglaterra tem 8 meses de inverno e 4 meses de chuva. (Anônimo)

É POSSÍVEL, SIM, FAZER TRÊS REFEIÇÕES DECENTES NA INGLATERRA. BASTA PEDIR O BREAKFAST TRÊS VEZES POR DIA. (W. SOMERSET MAUGHAM)

O GRANDE ACONTECIMENTO DO SÉCULO FOI A ASCENSÃO ESPANTOSA E FULMINANTE DO IDIOTA.
(NELSON RODRIGUES)

NA FILADÉLFIA, OS BARES FECHAM SÁBADO À MEIA-NOITE E ABREM DOMINGO À MEIA-NOITE E UM MINUTO. (W. C. FIELDS)

O CAFÉ IDEAL:
NEGRO COMO O DIABO,
QUENTE COMO O INFERNO,
PURO COMO UM ANJO
DOCE COMO O AMOR.
(TALLEYRAND)

ESCONDE AS APARÊNCIAS, O MUNDO ACREDITARÁ NO RESTO.
(Winston Churchill)

O HOMEM SOLTEIRO VIVE COMO UM REI E MORRE COMO UM CÃO. O HOMEM CASADO VIVE COMO UM CÃO E MORRE COMO UM REI. (JEAN ANOUILH)

Comecei uma dieta, cortei a bebida e alguns pratos e, em catorze dias, perdi duas semanas.

(Joe E. Lewis)

A POPULARIDADE É A GLÓRIA A VAREJO.
(VICTOR HUGO)

Só se pode falar mal das pessoas que se conhece bem.
(Honoré de Balzac)

NADA SECA MAIS RAPIDAMENTE DO QUE UMA LÁGRIMA. (CÍCERO)

O jovem Gabriel García Márquez estava em Bogotá escrevendo um dos seus primeiros livros. Todas as noites, faltava luz. Irritado, o autor de *Cem anos de solidão* escreveu um bilhete desaforado reclamando para o prefeito de Bogotá, que respondeu assim: "Caro sr. Márquez, Balzac, que escrevia muito melhor do que o senhor, escreveu à luz de velas...".

FAÇA O MÁXIMO DO MELHOR E O MÍNIMO DO PIOR.
(ROBERT LOUIS STEVENSON)

ALCOÓLATRA É ALGUÉM QUE VOCÊ NÃO GOSTA, MAS QUE BEBE TANTO QUANTO VOCÊ. (ANÔNIMO)

Devemos trazer nossa própria luz à escuridão. Ninguém fará isso por nós.

(Charles Bukowski)

IDIOTA MESMO É UM SUJEITO QUE, OUVINDO UMA HISTÓRIA COM DUPLO SENTIDO, NÃO ENTENDE NENHUM DOS DOIS. (MILLÔR FERNANDES)

Falo espanhol com Deus, italiano com as mulheres, francês com os homens e alemão com os cavalos. (Carlos V)

É DIFÍCIL PARA UM HOMEM DE GÊNIO SER SOCIÁVEL. QUE DIÁLOGO PODERIA SER TÃO INTELIGENTE E DIVERTIDO QUANTO SEUS PRÓPRIOS MONÓLOGOS? (ARTHUR SCHOPENHAUER)

A falsidade sempre tem boa aparência. (William Shakespeare)

Depois que a sorte abandona os homens, tudo os deixa. (Cristina da Suécia)

O APERITIVO É A PRECE NOTURNA DOS FRANCESES. (PAUL MORAND)

O CAMELO é um cavalo desenhado por um grupo de trabalho. (Anônimo)

Viver no exterior é bom, mas é uma merda. Viver no Brasil é uma merda, mas é bom. (Tom Jobim)

O MOTORISTA É A PEÇA MAIS PERIGOSA DO AUTOMÓVEL.
(LÉO CAMPION)

Penso, logo... não desisto

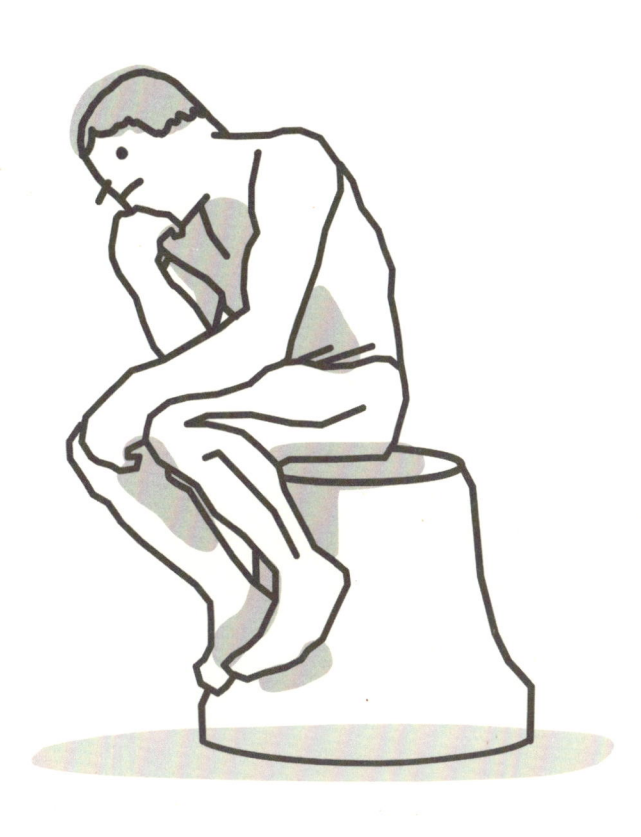

OS HOMENS QUE NÃO PENSAM SÃO COMO SONÂMBULOS. (HANNAH ARENDT)

O HOMEM QUE OLHA PARA O HORIZONTE NÃO VÊ A CAMPINA DIANTE DE SI. (PROVÉRBIO INDIANO)

O mundo não foi obra de um ser amoroso, e sim de um demônio, que deu vida às criaturas para se comprazer diante de seu sofrimento. **(Arthur Schopenhauer)**

Nicolas de Rouge, Troyes, 1496

A FILOSOFIA DO BARÃO DE ITARARÉ:

A FORCA É O MAIS DESAGRADÁVEL DOS INSTRUMENTOS DE CORDA.

De onde menos se espera, daí é que não sai nada.

O banco é uma instituição que empresta dinheiro à gente se a gente apresentar provas suficientes de que não precisa de dinheiro.

Viva cada dia como se fosse o último.

O HOMEM QUE SE VENDE RECEBE MAIS DO QUE VALE.

Devo tanto que, se eu chamar alguém de "meu bem", o banco toma!

DIZE-ME COM QUEM ANDAS E TE DIREI SE VOU CONTIGO.

Não é triste mudar de ideias, triste é não ter ideias para mudar.

Quem inventou o trabalho não tinha o que fazer.

PLATÃO É UM CHATO!
(MONTAIGNE)

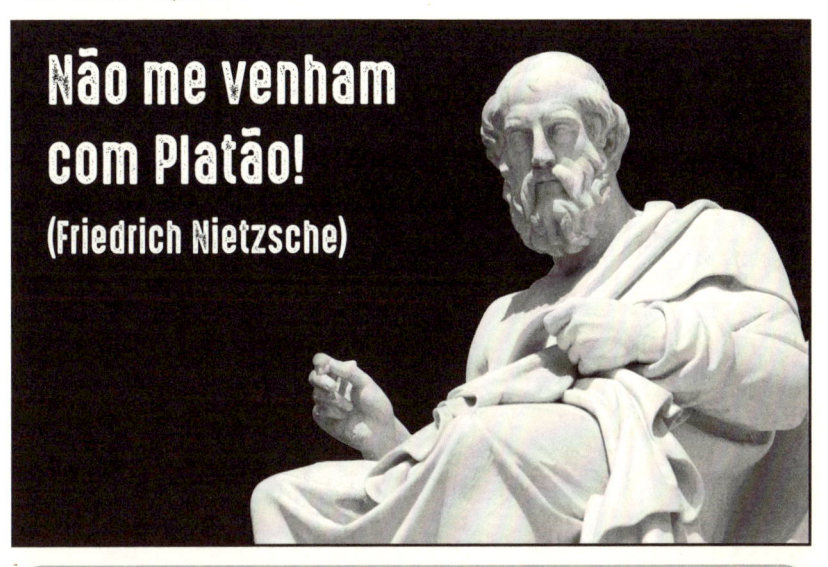

Não me venham com Platão!
(Friedrich Nietzsche)

Exigir a imortalidade do ser humano significa o desejo de perpetuar um erro *ad infinitum*.

(Arthur Schopenhauer)

Todos esses que aí estão
Atravancando meu caminho,
Eles passarão...
Eu passarinho!

(Mario Quintana)

O HOMEM ESTÁ CONDENADO A SER LIVRE. POIS, UMA VEZ JOGADO NO MUNDO, É RESPONSÁVEL POR TUDO O QUE FAZ. (JEAN-PAUL SARTRE)

Consigo aceitar a ideia de que em breve os vermes roerão minha carne; mas sinto calafrios só em pensar que os mestres em filosofia irão alimentar-se de minha doutrina filosófica.
(Arthur Schopenhauer)

NÃO NASCI PARA SER FORÇADO A NADA. RESPIRAREI A MEU PRÓPRIO MODO. SE UMA PLANTA NÃO CONSEGUE VIVER DE ACORDO COM SUA NATUREZA, ELA MORRE, E ASSIM TAMBÉM UM HOMEM. (HENRY DAVID THOREAU)

A filosofia convém a todos: moços e velhos, homens e mulheres, ricos e pobres. **ELA NOS CONSOLA DIANTE DOS FRACASSOS** e das nossas fraquezas. Ajuda a suportar o declínio das nossas forças e da nossa beleza; a encarar a pobreza, a velhice e a morte. **ELA NOS AJUDA A SUPORTAR A SOLIDÃO** e ensina a compartilhar a vida com alguém. (Jean de La Bruyère)

DEVO MINHA VIDA À FILOSOFIA, E ESSA É A MENOR DE MINHAS OBRIGAÇÕES DE GRATIDÃO PARA COM ELA. (SÊNECA)

Que ninguém hesite em filosofar porque é jovem, nem se canse de filosofar porque é velho, pois ninguém começa cedo demais ou tarde demais a cuidar da saúde da alma. (Epicuro)

> Sábio é aquele que conhece os limites da própria ignorância.

> Tudo o que sei é que nada sei!

> É mais fácil corromper do que convencer.

(Sócrates)

••••••••••••••••••••••••••••••••

A humanidade seria mais feliz se toda a energia e o talento que os homens utilizam para reparar seus erros fossem empregados em não cometê-los.

(George Bernard Shaw)

Pode-se classificar a vida como um episódio que perturba inutilmente a bem-aventurada tranquilidade do nada.

(Arthur Schopenhauer)

Friedrich Nietzsche

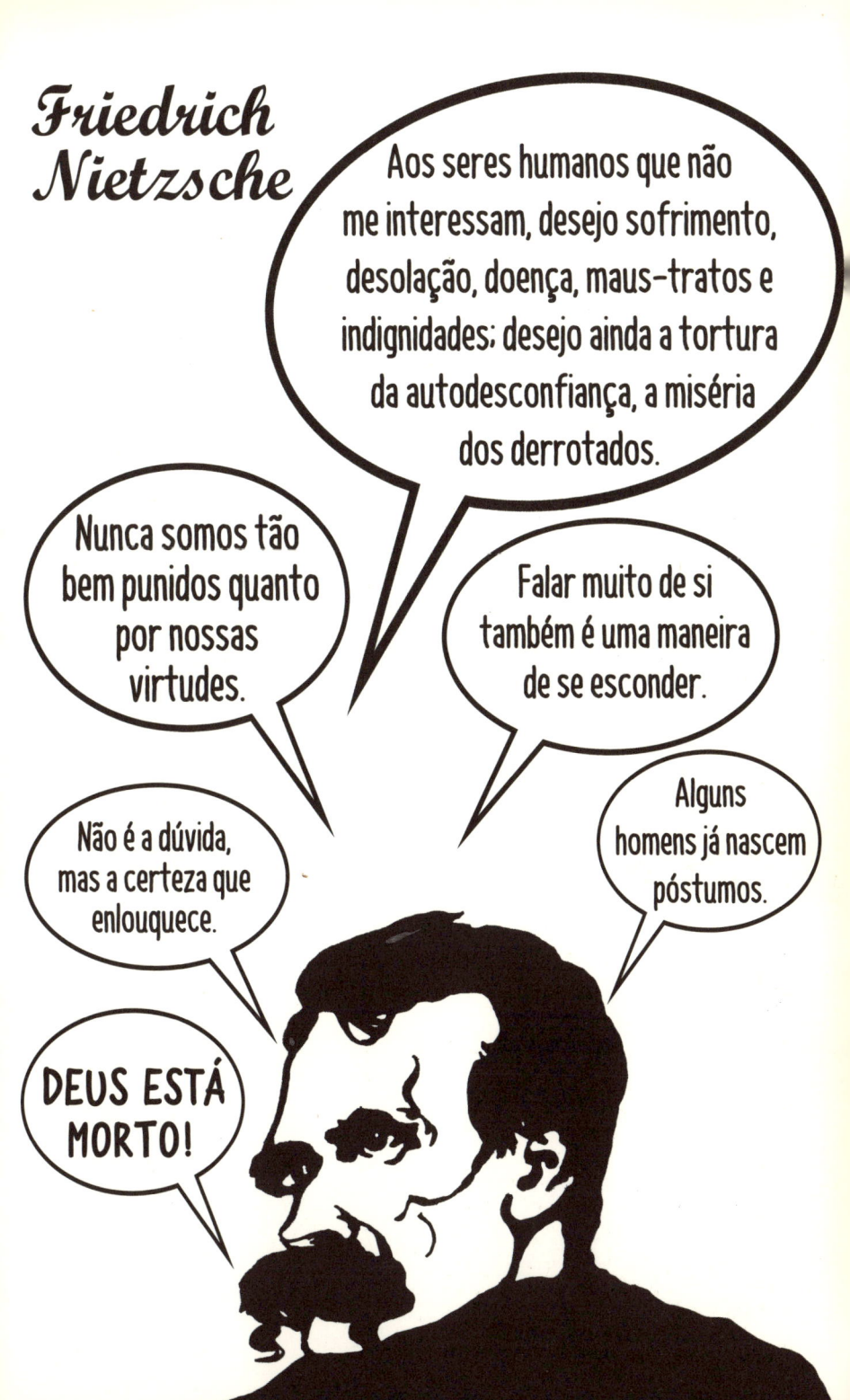

"Aos seres humanos que não me interessam, desejo sofrimento, desolação, doença, maus-tratos e indignidades; desejo ainda a tortura da autodesconfiança, a miséria dos derrotados."

"Nunca somos tão bem punidos quanto por nossas virtudes."

"Falar muito de si também é uma maneira de se esconder."

"Não é a dúvida, mas a certeza que enlouquece."

"Alguns homens já nascem póstumos."

"DEUS ESTÁ MORTO!"

Três paixões simples governaram minha vida: a necessidade de amor, a sede de conhecimento e a **dolorosa comunhão com todos aqueles que sofrem**. Três paixões que, como os grandes ventos, me levaram para cá e para lá, numa corrida caprichosa sobre um profundo oceano de angústia que me fez tocar as margens do desespero.

(Bertrand Russell)

EU SOU ATEU... GRAÇAS A DEUS!
(MIGUEL DE UNAMUNO)

Pai nosso que estais no céu, ficai aí mesmo.

(Jacques Prévert)

Não pergunte jamais por quem os sinos dobram; eles dobram por ti. (John Donne)

A MEMÓRIA É A MÃE DA SABEDORIA.
(Ésquilo)

DIVAGAR E SEMPRE.
(MILLÔR FERNANDES)

A SUPERSTIÇÃO É SIMPLESMENTE A ARTE DE ASSUMIR AS COINCIDÊNCIAS. (JEAN COCTEAU)

UM ERRO NÃO É UM ERRO,
DOIS ERROS FAZEM UM ERRO,
NÃO FAZER NADA É UM ERRO.

(PROVÉRBIO ÁRABE)

CONFÚCIO DISSE:

Aja com cuidado em relação a um homem que é odiado por todos.

Aja com cuidado em relação a um homem que é amado por todos.

O homem capaz é aquele que, sem prever traições, é o primeiro a percebê-las.

O VERDADEIRO SABER É RECONHECER QUE SABEMOS O QUE SABEMOS, E QUE NÃO SABEMOS O QUE NÃO SABEMOS.

Nas cerimônias, prefira a simplicidade à opulência; nos funerais, prefira as lágrimas à pompa.

O HOMEM BOM GOZA TRANQUILAMENTE DE SUA BONDADE, O HOMEM SÁBIO A UTILIZA.

QUEM PODE EXTRAIR UMA NOVA VERDADE DE UM SABER ANTIGO TEM QUALIDADE PARA ENSINAR.

Os fofoqueiros são párias da virtude.

PENSAR TRÊS VEZES ANTES DE AGIR É HESITAÇÃO. BASTAM DUAS.

Acima de tudo, cultive a fidelidade e a boa-fé. Não busque a amizade daqueles que não a merecem.

EU SOU EU E MINHAS CIRCUNSTÂNCIAS.
(ORTEGA Y GASSET)

O Buda pregava uma sabedoria sem deuses e alguns séculos depois o puseram num altar. (Albert Camus)

Quem afirma que a hora de dedicar-se à filosofia ainda não chegou ou já passou, é como se dissesse que ainda não chegou ou que já passou a hora de ser feliz. (Epicuro)

O futuro é a pior coisa do presente.
(Gustave Flaubert)

O futuro já não é mais o mesmo. (Paul Valéry)

No longo prazo, um ateu não tem futuro.
(Millôr Fernandes)

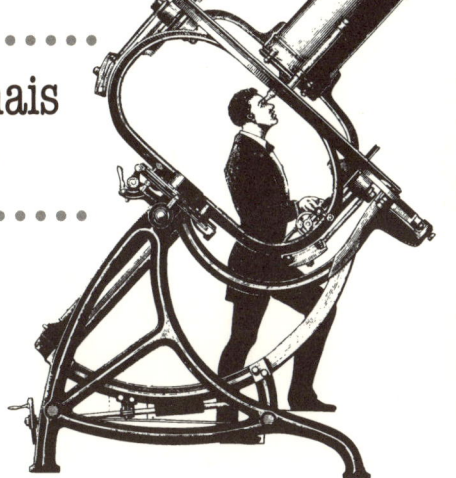

Com Voltaire acabou o mundo antigo; com Rousseau começou o novo. (J. W. von Goethe)

Arte, poesia & outros alimentos do espírito

A MÚSICA JAPONESA É UMA TORTURA CHINESA.
(SOFOCLETO)

Enquanto as pessoas jogam conversa fora, eu anoto.
(Charles Bukowski)

A ARTE É FILHA DO SEU TEMPO.
(Wassily Kandinsky)

Wassily Kandinsky

> SÓ OS CEGOS E OS POETAS PODEM VER NA ESCURIDÃO. (CHICO BUARQUE)

UMA BIBLIOTECA É UM HOSPITAL PARA O ESPÍRITO.

(Frase escrita na antiga Biblioteca de Alexandria)

AH! SE EU PUDESSE TER UM ELENCO COMO O WALT DISNEY. QUANDO ELE NÃO GOSTA DE UM ATOR, ELE SIMPLESMENTE O APAGA...

(ALFRED HITCHCOCK)

> CANTA TUA ALDEIA, QUE CANTARÁS O MUNDO. (ANTON TCHÉKHOV)

A PRIMEIRA QUALIDADE DE UM ROMANCISTA É SER MENTIROSO.
(BLAISE CENDRARS)

UMA OBRA-PRIMA É UMA ESPÉCIE DE MILAGRE.
(VICTOR HUGO)

O livro, caído n'alma, é germe que faz a palma, é chuva que faz o mar. (Castro Alves)

Como são belas
indizivelmente belas
essas estátuas mutiladas...
porque nós mesmos lhes
  esculpimos – com a matéria
  invisível do ar – o gesto de um
  braço... uma cabeça anelada...
  um seio...tudo o que lhes falta!
  (Mario Quintana)

OS BIÓGRAFOS NÃO CONHECEM NEM A VIDA SEXUAL DA SUA PRÓPRIA ESPOSA, MAS ACHAM QUE CONHECEM A DE STENDHAL OU DE FAULKNER...
(MILAN KUNDERA)

AS COISAS MAIS IMPORTANTES QUE PODEM ACONTECER A UM PINTOR:

1. SER **ESPANHOL**.
2. CHAMAR-SE **SALVADOR DALÍ**.

ESSAS DUAS COISAS ACONTECERAM COMIGO.

(SALVADOR DALÍ)

> ASSIM COMO TENHO RESTRIÇÕES A CONVERSAR COM UMA PESSOA SUJA E MALVESTIDA, DEIXO DE LADO UM LIVRO QUANDO O DESCUIDO PELO ESTILO ME SALTAR AOS OLHOS.
>
> (ARTHUR SCHOPENHAUER)

A ARTE EXISTE PARA PERTURBAR. A CIÊNCIA, PARA TRANQUILIZAR. (GEORGES BRAQUE)

A obra de arte deve nos dar a sensação de que jamais tínhamos visto aquilo que estamos vendo. (Paul Valéry)

Sei que a poesia é indispensável. Só não sei para quê. (Jean Cocteau)

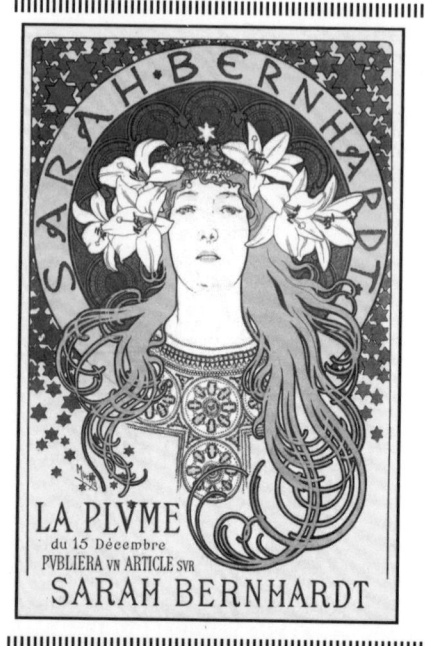

Existem cinco tipos de atrizes: as más atrizes, as boas, as competentes, as grandes atrizes e **Sarah Bernhardt**. (Mark Twain)

Quando leres uma biografia, lembra-te que a verdade é impublicável. (George Bernard Shaw)

Se a imprensa não existisse, não seria necessário inventá-la. (Honoré de Balzac)

ONDE SE QUEIMAM LIVROS, ACABA-SE POR QUEIMAR GENTE. (HEINRICH HEINE)

O GRANDE CLÁSSICO É AQUELE AUTOR QUE NÓS PODEMOS ELOGIAR SEM TER LIDO.

(G. K. CHESTERTON)

FELIZES SÃO OS PINTORES, POIS NUNCA ESTARÃO SOZINHOS. LUZ E COR, PAZ E ESPERANÇA LHES FARÃO COMPANHIA ATÉ O FIM.

(WINSTON CHURCHILL)

O poeta é um fingidor.
Finge tão completamente
Que chega a fingir que é dor
A dor que deveras sente.

(Fernando Pessoa)

A FRANÇA É O ÚNICO PAÍS ONDE UMA PEQUENA FRASE PODE CAUSAR UMA GRANDE REVOLUÇÃO. (HONORÉ DE BALZAC)

IMPRENSA É OPOSIÇÃO. O RESTO É ARMAZÉM DE SECOS E MOLHADOS.

(MILLÔR FERNANDES)

NÃO!!!

> GOSTO MUITO MAIS DO MONÓLOGO DO QUE DO DIÁLOGO, QUANDO ELE É BOM. É COMO VER UM HOMEM ESCREVENDO UM LIVRO EXPRESSAMENTE PARA VOCÊ.
>
> (HENRY MILLER)

> O ADJETIVO É A GORDURA DO ESTILO. (VICTOR HUGO)

Estilo é a resposta para tudo,
É um jeito especial de fazer uma bobagem ou algo perigoso,
(..)
Quando Hemingway estourou seus miolos, teve estilo. (..)
Conheci homens na prisão com estilo
Conheci mais homens na cadeia
com estilo do que fora

Estilo faz a diferença. O jeito de se fazer,
o jeito de ser feito.

Seis garças tranquilas na beira
de um lago
Ou você saindo nua do banho
sem me ver.

(Charles Bukowski)

Robert Crumb

ORGANIZAR O CAOS, EIS A CRIAÇÃO.
(Guillaume Apollinaire)

> Existem pessoas que têm uma biblioteca como os eunucos têm um harém.
> (Victor Hugo)

A grande arquitetura é aquela que produz belas ruínas. (Auguste Perret)

Desde o momento em que tive o seu livro em minhas mãos, até o momento em que o larguei, não pude parar de rir. Um dia desses espero lê-lo.

(Groucho Marx)

MUITOS ESCRITORES ESGOTAM-SE ANTES DE SEUS LIVROS. (SOFOCLETO)

Intelectual é alguém que entra numa biblioteca mesmo quando não está chovendo.

(André Roussin)

OS ESCRITORES NÃO SÓ EXIGEM ELOGIOS, COMO TAMBÉM EXIGEM QUE SE DIGA SOMENTE A VERDADE...

(JULES RENARD)

O homem é bom?

O HOMEM É UM MILAGRE SEM IMPORTÂNCIA.
(JEAN ROSTAND)

A VERDADE DE UM HOMEM É, BASICAMENTE, O QUE ELE ESCONDE. (ANDRÉ MALRAUX)

É melhor aceitar as pessoas como elas são do que supor que sejam o que não são. (Nicolas de Chamfort)

APÓS A VITÓRIA, AFIE SUA FACA.
(Curtis L. Johnson)

O cemitério está cheio de gente insubstituível.
(Anônimo)

Para chegar aos cem anos, tem que começar cedo. (Provérbio russo)

NÃO HÁ NADA MAIS INFALÍVEL DO QUE UM PROFETA MUDO. (HONORÉ DE BALZAC)

Meu sonho é de que meus quatro filhos um dia irão viver num país onde não serão julgados pela cor de sua pele, e sim pelo seu caráter. (Martin Luther King)

Quando você se tornar pessimista, olhe para uma rosa. (Albert Samain)

O BOM SER HUMANO É AQUELE QUE, QUANDO COMETE UM ERRO, TODAS AS PESSOAS PERCEBEM. (CONFÚCIO)

HÁ DUAS OCASIÕES NA VIDA EM QUE O HOMEM NÃO DEVERIA JOGAR: QUANDO NÃO TEM DINHEIRO E QUANDO TEM. (MARK TWAIN)

A tentação de formar teorias prematuras sobre dados insuficientes é o veneno da nossa profissão. (Sherlock Holmes)

O assassinato é a forma mais radical de censura. (George Bernard Shaw)

EXISTEM DUAS COISAS QUE OS HOMENS JAMAIS ADMITEM: QUE DIRIGEM MAL E QUE TRANSAM MAL.

(STIRLING MOSS)

PENSAR EM FAZER UMA BOA AÇÃO JÁ É UMA BOA AÇÃO.
(LAURENCE STERNE)

Um italiano é um francês com bom humor.

(Jean Cocteau)

Um argentino é um italiano que acha que é inglês. (Anônimo)

NADA DO QUE É HUMANO ME É ESTRANHO.

(TERÊNCIO)

Uma raposa faminta avistou os cachos de uva que pendiam de uma parreira e tentou colhê-los, mas não conseguiu. Afastou-se, então, murmurando para si mesma: "Não estão maduros".

Alguns homens, da mesma forma, quando sua própria fraqueza os impede de chegar a seus fins, culpam as circunstâncias.

(Esopo, "A raposa e as uvas")

A GRANDEZA NÃO CONSISTE EM RECEBER HONRAS, MAS EM MERECÊ-LAS. (ARISTÓTELES)

> Somos feitos da matéria dos sonhos.

(William Shakespeare)

Querida, escrevo para te contar que meu marido acaba de ser eleito o "Homem do ano". Assim, tens uma ideia de que espécie de ano tivemos... (Anônima)

Muitos heróis são como pinturas, não devemos vê-los muito de perto para não aparecerem as imperfeições. (La Rochefoucauld)

O QUE É O HOMEM NA NATUREZA? NADA COMPARADO AO INFINITO, TUDO COMPARADO AO NADA. (PASCAL)

O ÚNICO LUGAR EM QUE SUCESSO VEM ANTES DE TRABALHO É NO DICIONÁRIO. (ALBERT EINSTEIN)

O HOMEM É O LOBO DO HOMEM.
(Thomas Hobbes)

OS JOVENS ACREDITAM QUE 20 ANOS E 20 MOEDAS NÃO ACABAM NUNCA.
(BENJAMIN FRANKLIN)

Era um homem gordo, logo, um bom homem.
(Miguel de Cervantes)

Quando descreveres os quadrúpedes, coloca entre eles alguns homens. (Leonardo da Vinci)

Os homens são como estátuas, é necessário vê-los na praça. (La Rochefoucauld)

CRISTO É UM ANARQUISTA QUE SE DEU BEM. MAS É O ÚNICO.
(ANDRÉ MALRAUX)

ENTRE AS COISAS QUE RESPIRAM E ANDAM SOBRE A TERRA, NENHUMA É MAIS LAMENTÁVEL DO QUE O HOMEM.
(HOMERO)

SOMOS PÓ E SOMBRAS. (Horácio)

Homem! O único animal na natureza que devemos realmente temer.

(D. H. Lawrence)

EXISTEM MUITAS CAUSAS PELAS QUAIS ESTOU DISPOSTO A MORRER, MAS NENHUMA PELA QUAL ESTOU DISPOSTO A MATAR. (MAHATMA GANDHI)

Toma cuidado para não perderes a ti mesmo ao abraçares as sombras. (Esopo)

O DÉSPOTA MORRE E SEU REINO ACABA. O MÁRTIR MORRE E SEU REINO COMEÇA. (SOREN KIERKEGAARD)

ESTAMOS TÃO HABITUADOS A NOS DISFARÇAR PARA OS OUTROS QUE ACABAMOS NOS DISFARÇANDO PARA NÓS MESMOS. (OSCAR WILDE)

O mundo em conflito:
justiça, poder & outras batalhas

É PERIGOSO ESTAR CERTO QUANDO O GOVERNO ESTÁ ERRADO. (VOLTAIRE)

Quando começaram a prender os comunistas, como eu não era comunista, não me importei.
Quando começaram a prender os socialistas, como eu não era socialista, não me importei.
Quando começaram a prender os judeus, como eu não era judeu, não me importei.
Quando vieram me prender não tinha ninguém para se importar comigo.

(Martin Niemöller)

NÓS LUTAREMOS NAS PRAIAS, NÓS LUTAREMOS NO AR, NÓS LUTAREMOS NOS CAMPOS E NAS RUAS, NÓS LUTAREMOS NAS MONTANHAS; NÓS JAMAIS NOS RENDEREMOS! (WINSTON CHURCHILL)

TODO O PODER É TRISTE.
(Alain)

As leis são um freio para os crimes públicos; a religião, para os crimes secretos. (Ruy Barbosa)

O PODER QUE SE JULGA SEGURO SÓ COMPREENDERÁ SEUS ERROS CONTRA A INTELIGÊNCIA À LUZ DE UM INCÊNDIO INICIADO POR ALGUM PEQUENO LIVRO. (HONORÉ DE BALZAC)

A POLÍTICA É A ARTE DO POSSÍVEL.
(OTTO VON BISMARCK)

OS DESCONTENTES SÃO OS POBRES QUE PENSAM.
(TALLEYRAND)

QUEM QUER QUE SEJA QUE PONHA AS MÃOS SOBRE MIM, PARA ME GOVERNAR, É UM USURPADOR, UM TIRANO. EU O DECLARO MEU INIMIGO.
(PIERRE-JOSEPH PROUDHON)

POLÍTICA É A MAIS ANTIGA DAS PROFISSÕES.
(MILLÔR FERNANDES)

COMO O DESPOTISMO É O ABUSO DA MONARQUIA, A ANARQUIA É O ABUSO DA DEMOCRACIA. (VOLTAIRE)

Quem se apega ao dinheiro atrai afrontas; quem se apega ao poder se esgota; quem vive na ociosidade nela se afoga; quem se habitua ao bem-estar se torna seu escravo. Que vida enferma! (Chuang Tzu)

Foi o momento mais eletrizante de Woodstock, e sem dúvida o maior momento dos anos 1960. Finalmente entendemos essa canção: **você pode amar seu país e detestar seu governo.** (Al Aronowitz, sobre a execução do hino dos Estados Unidos de forma distorcida feita por Jimi Hendrix, no festival de Woodstock)

Birmingham, no Alabama, é a maior cidade de um estado policial presidido por um governador – George Wallace – cuja promessa aos eleitores foi "segregação hoje, segregação amanhã, segregação sempre!".

(Martin Luther King)

As mãos do Tio Sam estão sujas de sangue. É o sangue dos negros deste país. O Tio Sam é o maior hipócrita da face da Terra.

(Malcolm X)

Eu estou aqui, diante de vocês, não como um profeta, mas como um humilde servo. Foi graças aos incansáveis e heroicos sacrifícios de vocês que foi possível para mim estar aqui hoje. Por isso eu quero colocar o que resta da minha vida nas mãos de vocês.

(Nelson Mandela)

Eles acharam que suas balas poderiam nos silenciar. Mas eles erraram. (Malala Yousafzai)

NA POLÍTICA, SE VOCÊ QUER UM DISCURSO, PEÇA A UM HOMEM. SE VOCÊ QUER REALIZAÇÕES, PEÇA A UMA MULHER.
(MARGARET THATCHER)

As revoluções são as festas dos oprimidos e explorados. (Vladimir Lênin)

Mesmo no mais importante e elevado trono do mundo, continuamos sentados sobre nossos cus. E os reis e filósofos defecam, e as damas também. (Montaigne)

A GUERRA É FEITA QUANDO SE QUER E TERMINA QUANDO SE PODE. (MAQUIAVEL)

No quadro que estou trabalhando e chamarei de **GUERNICA**, mostro meu horror pela casta militar que fez a Espanha naufragar num oceano de dor e morte. (Pablo Picasso)

A GUERRA EQUIVALE AO ECLIPSE DA CIVILIZAÇÃO.
(ANDRÉ BRETON)

E quem dentre os homens não quiser morrer de sede precisa aprender a beber de todas as taças. (Friedrich Nietzsche)

FAZER JUSTIÇA COM ÓDIO OU ADMIRAÇÃO NÃO É JUSTIÇA. (PASCAL)

Para que serve a revolução se não puder tornar os homens melhores? (André Malraux)

Um correspondente de guerra tem sua aposta – sua vida – e pode jogá-la ou não. Eu sou um jogador. (Robert Capa)

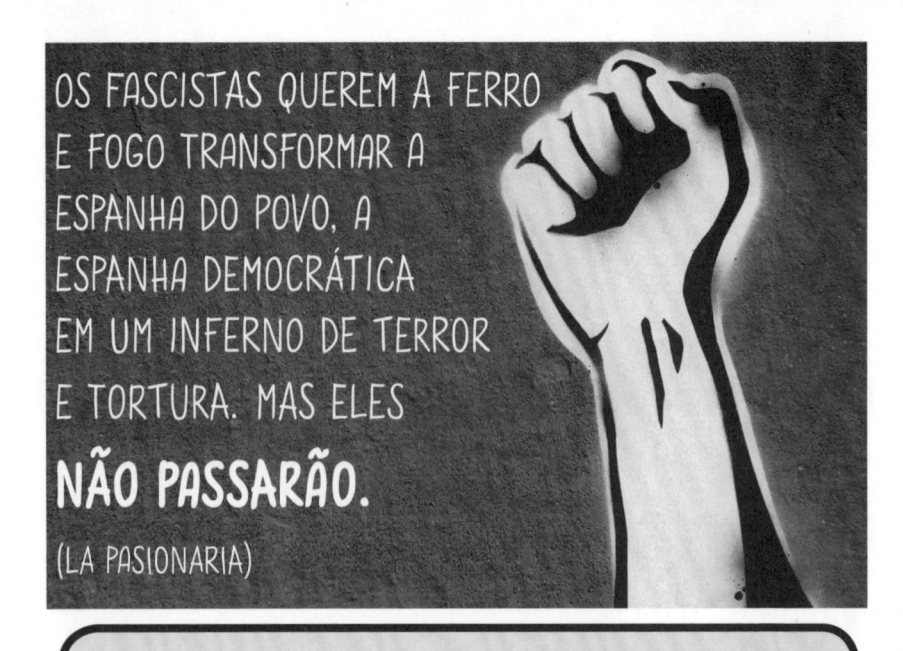

> OS FASCISTAS QUEREM A FERRO E FOGO TRANSFORMAR A ESPANHA DO POVO, A ESPANHA DEMOCRÁTICA EM UM INFERNO DE TERROR E TORTURA. MAS ELES **NÃO PASSARÃO.**
> (LA PASIONARIA)

> AS LEIS QUE NÃO PROTEGEM NOSSOS ADVERSÁRIOS NÃO PODEM NOS PROTEGER. (RUY BARBOSA)

A POLÍTICA NÃO É UMA CIÊNCIA, COMO PENSAM ALGUNS, MAS UMA ARTE. (Otto von Bismarck)

CADA POVO TEM O GOVERNO QUE MERECE. (Joseph-Marie de Maistre)

Na política a questão principal não é resolver os problemas, mas calar aqueles que denunciam os problemas. (Henri Queuille)

NA POLÍTICA, NÓS SUCEDEMOS AOS IMBECIS E SOMOS SUBSTITUÍDOS POR INCAPAZES. (MONTAIGNE)

Napoleão Bonaparte

> Um povo só se deixa levar quando lhe mostram um futuro. Um líder é um mercador de esperança.

> O chefe de estado não deve e não pode agir como um chefe de partido.

> Como não ser bom, quando se pode tudo?

> Em política, um absurdo não é um obstáculo.

> Nada se parece menos com um homem do que um rei.

> Um governo novo deve deslumbrar.

PARIS ULTRAJADA! PARIS DEPREDADA! PARIS MARTIRIZADA! MAS PARIS LIBERTADA! (CHARLES DE GAULLE)

> REVOLUÇÃO É QUANDO A OPINIÃO ENCONTRA AS BAIONETAS.
> (NAPOLEÃO BONAPARTE)

NO CAPITALISMO HÁ A EXPLORAÇÃO DO HOMEM PELO HOMEM. NO SOCIALISMO, É O CONTRÁRIO. (WINSTON CHURCHILL)

Platão e Aristóteles escreveram sobre política porque eles sentiram a necessidade de colocar ordem num hospício. (Pascal)

NÃO EXISTE HERÓI SEM PLATEIA.
(ANDRÉ MALRAUX)

Ontem tive um sonho fantástico. Surpreendi um político com a mão nos próprios bolsos. (Mark Twain)

AMOR, TRABALHO, FAMÍLIA, RELIGIÃO, ARTE E PATRIOTISMO SÃO PALAVRAS VAZIAS DE SENTIDO PARA QUEM MORRE DE FOME. (O. HENRY)

PRECISAMOS MUDAR PARA QUE TUDO CONTINUE COMO ESTÁ. (LAMPEDUSA)

Ter a boca cheia de açúcar para confeitar as palavras, para que até mesmo os inimigos tomem gosto por elas. (Baltasar Gracián)

É impressionante o número de pessoas que ganham de mim no golfe depois que eu deixei a presidência dos Estados Unidos.
(George H. W. Bush)

Em política, sempre se aprende com o inimigo.
(Vladimir Lênin)

SANGUE CHAMA SANGUE.
(WILLIAM SHAKESPEARE)

Viver & morrer: o drama de existir

A VIDA É UMA ESPÉCIE DE DOENÇA SEXUALMENTE TRANSMISSÍVEL. (PETR SKRABANEK)

NÃO É QUE EU TENHA MEDO DE MORRER. É QUE EU NÃO QUERO ESTAR LÁ QUANDO ISSO ACONTECER. (WOODY ALLEN)

Um amigo perguntou ao autor de *O grande Gatsby*, F. Scott Fitzgerald:
— Você não sabe que beber demais é uma morte lenta?
— Mas e quem é que está com pressa? — respondeu Fitzgerald.

Meu sonho: morrer jovem, com uma idade bem avançada.
(Henri Jeanson)

Nós matamos o tempo, mas ele nos enterra.
(Machado de Assis)

A morte é uma doença da imaginação. (Alain)

A morte é uma formalidade desagradável, mas todos os candidatos são recebidos. (Paul Claudel)

Viver é uma doença da qual o sono nos alivia por uma noite: é um paliativo — a morte é o remédio.
(Nicolas de Chamfort)

Gustave Doré

A vida é um dom da natureza: vivê-la é um dom da sabedoria. (Plutarco)

Quantos homens não morrem num homem antes da sua morte? (Edmond e Jules Goncourt)

NÃO DEIXES PARA AMANHÃ O QUE PODES FAZER DEPOIS DE AMANHÃ.

....

SE UM AMIGO TE PEDE DINHEIRO EMPRESTADO, PENSA BEM QUAL DOS DOIS VOCÊ PREFERE PERDER: O DINHEIRO OU O AMIGO?

(MARK TWAIN)

Se eu soubesse que ia viver tanto tempo, teria me cuidado melhor. (Eubie Blake)

Gustave Doré

UMA VIDA INÚTIL É UMA MORTE ANTECIPADA. (J. W. VON GOETHE)

A morte chega uma única vez e se faz sentir em todos os momentos da vida: é mais difícil compreendê-la do que sofrê-la. (Jean de La Bruyère)

Passamos a vida inteira dizendo adeus aos que partem. Até o dia em que dizemos adeus aos que ficam. (Condessa de Talleyrand)

Quando eu morrer quero ser cremado. E peço que mandem 10% das minhas cinzas para o meu empresário.
(Groucho Marx)

A MORTE NÃO É O PROBLEMA, O PROBLEMA É FICAR ESPERANDO POR ELA. (CHARLES BUKOWSKI)

A MORTE É A ÚNICA COMPETIÇÃO EM QUE TODOS ESPERAM CHEGAR EM ÚLTIMO LUGAR.

(MAURICE CHAPELAN)

DEIXAREMOS ESTE MUNDO TÃO ESTÚPIDO E MAU QUANTO ESTAVA QUANDO NELE CHEGAMOS. (ARTHUR SCHOPENHAUER)

Eu sabia que se eu ficasse muito tempo por aí, isso poderia acontecer.

(George Bernard Shaw sugerindo o epitáfio de sua tumba)

SE VOCÊ ESTÁ INCOMODADO COM A SUA JUVENTUDE, NÃO SE PREOCUPE, EM TRINTA ANOS VOCÊ ESTARÁ CURADO.
(JEAN GIRAUDOUX)

O TEMPO PERDIDO NÃO SE ENCONTRA NUNCA MAIS.
(BENJAMIN FRANKLIN)

Tudo é tão pouco!
Nada se sabe, tudo se imagina!
Circunda-te de rosas, ama, bebe
E cala. O mais é nada.
(Fernando Pessoa)

ENQUANTO ESPERAMOS PARA VIVER, A VIDA PASSA. (SÊNECA)

Nossa morte é simples. A dos outros que é insuportável.
(Jean Cocteau)

Ama a vida. Enfrenta-a. Porque, boa ou má, é uma só.
(Friedrich Nietzsche)

A VIDA É MUITO CURTA PARA SE JOGAR XADREZ.
(J. BYRON)

Quem não é belo aos 20, nem forte aos 30, nem rico aos 40, nem sábio aos 50, nunca será nem belo, nem forte, nem rico, nem sábio. (George Herbert)

A EXISTÊNCIA HUMANA É UM EQUÍVOCO.
(ARTHUR SCHOPENHAUER)

A vida é como uma peça de teatro: o que conta não é que ela dure um longo tempo, mas que seja bem encenada. (Sêneca)

Entre todos os acontecimentos inesperados, o mais inesperado é a velhice. (Leon Trótski)

FECHADA A TAMPA DO CAIXÃO, O JULGAMENTO SOBRE O MORTO SE TORNA DEFINITIVO. (PROVÉRBIO CHINÊS)

Estar morto é estar preso aos vivos.
(Jean-Paul Sartre)

NO FIM, TUDO É UMA PIADA.
(Charles Chaplin)

QUEM É QUEM

Abraham Lincoln (1809-1865) - Um dos mais importantes e influentes presidentes americanos. Foi um apologista da democracia, antiescravagista e lutou pela unidade dos Estados Unidos.

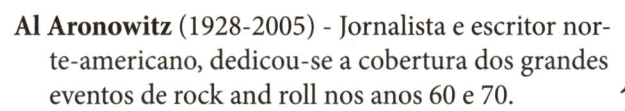

Al Aronowitz (1928-2005) - Jornalista e escritor norte-americano, dedicou-se a cobertura dos grandes eventos de rock and roll nos anos 60 e 70.

Alain (1868-1951) - Como era conhecido Émile-Auguste Chartier, filósofo e influente ensaísta francês.

Albert Camus (1913-1960) - Escritor francês, Prêmio Nobel de Literatura de 1957, autor de *O estrangeiro* e *O mito de Sísifo*.

Albert Einstein (1879-1955) - Cientista alemão que propôs a Teoria da Relatividade, que revolucionou a ciência.

Albert Samain (1858-1900) - Escritor e poeta Simbolista francês.

Alberto Giacometti (1901-1966) - Foi um dos maiores escultores do seu tempo.

Alexandre Dumas, filho (1824-1895) - Escritor francês, autor de *A dama das camélias*.

Alexandre Vialatte (1901-1971) - Escritor, crítico e tradutor francês.

Alfred Capus (1858-1922) - Jornalista e dramaturgo francês.

Alfred Hitchcock (1899-1980) - Célebre diretor britânico de filmes de suspense. Dirigiu *Psicose*.

Alfred de Musset (1810-1857) - Poeta, novelista e dramaturgo francês.

Amanda Newman - Jornalista norte-americana.

Ambrose Bierce (1842-1914) - Jornalista e crítico norte-americano.

Amelot de la Houssaye (1634-1706) - Historiador francês.

Anatole France (1844-1924) - Grande escritor francês, autor de *O crime de Sylvestre Bonnard*.

André Breton (1896-1966) - Poeta, escritor e um dos principais teóricos do movimento Surrealista.

André Malraux (1901-1976) - Ativista político e romancista francês, autor de *A condição humana*.

André Roussin (1911-1987) - Roteirista e dramaturgo francês.

Andrea Newman (1938-) - Escritora inglesa.

Andy Warhol (1928-1987) - Pintor, cineasta norte-americano, um dos precursores da Pop Art.

Antoine de Saint-Exupéry (1900-1944) - Escritor e aviador francês, autor de *O pequeno príncipe*.

Antoine Rivarol (1753-1801) - Escritor e polemista francês.

Anton Tchékhov (1860-1904) - Escritor e dramaturgo russo, considerado um mestre do conto moderno. Autor de *O jardim das cerejeiras*.

Aristóteles (384 a.C.-322 a.C.) - Filósofo grego, considerado com Sócrates e Platão um dos fundadores da filosofia ocidental.

Art Linkletter (1912-2010) - Grande personalidade da televisão nos Estados Unidos.

Arthur Conan Doyle (1859-1930) - Escritor escocês criador do detetive Sherlock Holmes.

Arthur Schopenhauer (1788-1860) - Filósofo alemão. Suas obras mais conhecidas são *O mundo como vontade e representação* e *Parerga e Paralipomena*.

Auguste Perret (1874-1954) - Arquiteto francês.

Baltasar Gracián (1601-1658) - Filósofo e teólogo espanhol, autor de *A arte da prudência*.

Barão de Itararé (Aparício Fernando de Brinkerhoff Torelly) (1895-1971) - Humorista brasileiro, jornalista e editor de *A Manha*, o primeiro jornal de humor do país.

Benjamin Franklin (1706-1790) - Estadista, cientista e escritor norte-americano, inventor do para-raios. Lutou pela Independência americana e pela libertação dos negros.

Bertrand Russell (1872-1970) - Filósofo, matemático, escritor e pacifista inglês. Foi um dos grandes personagens do século XX. Recebeu o Prêmio Nobel de Literatura em 1950.

Beverly Mickins - Escritora e comediante norte-americana.

Blaise Cendrars (1887-1961) - Poeta e romancista suíço.

Bob Dylan (1941-) - Compositor e intérprete norte-americano, autor de "Like a Rolling Stone" e "Blowin' in the Wind". Recebeu o Prêmio Nobel de Literatura de 2016.

Boris Vian (1920-1959) - Músico e escritor francês identificado com o movimento Surrealista e Anarquista.

Bossuet (1627-1704) - Bispo e teólogo francês, teórico do absolutismo.

Calderón de la Barca (1600-1681) - Poeta e dramaturgo espanhol.

Carlos V (1338-1380) - Rei da França.

Castro Alves (1847-1871) - Poeta brasileiro, autor de *Os escravos*.

Catherine Rambert - Escritora e jornalista francesa.

Charles Baudelaire (1821-1867) - Poeta francês, considerado um dos precursores do Simbolismo.

Charles Bukowski (1920-1994) - Romancista, contista e poeta "maldito" norte-americano, é autor dos best-sellers *Mulheres* e *Cartas na rua*.

Charles Chaplin (1889-1977) - Comediante britânico, considerado um dos maiores gênios da história do cinema.

Charles de Gaulle (1890-1970) - General francês, líder da resistência ao nazismo na Segunda Guerra Mundial e presidente da França entre 1959 e 1969.

Charles M. Schulz (1922-2000) - Desenhista e criador de *Peanuts*.

Chico Buarque (1944-) - Escritor e músico brasileiro.

Chuang Tzu (370 a.C.-287 a.C.) - Poeta e filósofo taoista chinês.

Cícero (106 a.C.-43 a.C.) - Filósofo e político, considerado um dos maiores oradores da Roma Antiga.

Coco Chanel (1883-1971) - Estilista francesa.

Colette (1873-1954) - Escritora e agitadora cultural francesa.

Condessa de Talleyrand (Marie Dorothée Louise de Talleyrand-Périgord) (1862-1948) - Aristocrata francesa.

Confúcio (551 a.C.-479 a.C.) - Filósofo e pensador chinês.

Cristina da Suécia (1626-1689) - Rainha da Suécia entre 1632 e 1654. Figura polêmica, era considerada muito culta e deixou textos esparsos e uma autobiografia.

Cynthia Heimel (1947-) - Roteirista e escritora norte-americana.

D. H. Lawrence (1885-1930) - Escritor britânico autor de *O amante de Lady Chatterley*.

Daniel J. Boorstin (1914-2004) - Professor, escritor e diretor da Biblioteca do Congresso Americano entre 1975 e 1987.

Denis Diderot (1713-1784) - Filósofo e escritor francês, publicou, juntamente com D'Alembert, a célebre *Enciclopédia*.

Edmond e Jules de Goncourt - Os irmãos Edmond (1822-1896) e Jules (1830-1870) foram influentes intelectuais franceses e dão seu nome ao mais importante prêmio literário da França, o prêmio Goncourt.

Edmund Wilson (1895-1972) - Escritor, ensaísta, jornalista e crítico literário americano, autor de *Rumo à Estação Finlândia*.

Édouard Bourdet (1887-1945) - Jornalista e dramaturgo francês.

Édouard Pailleron (1834-1899) - Dramaturgo, poeta e jornalista francês.

Emmanuelle Riva (1927-) - Estrela do cinema francês.

Epicuro (341 a.C.- 270 a.C.) - Filósofo grego que pregava a busca do prazer.

Epiteto (55-135) - Filósofo grego.

Erica Jong (1942-) - Escritora e educadora norte-americana.

Esopo (620 a.C.-560 a.C.) - Escritor grego célebre pela criação de fábulas.

Ésquilo (525 a.C.-456 a.C.) - Dramaturgo grego autor da tragédia *Os sete contra Tebas*.

Eubie Blake (1887-1983) - Pianista e compositor norte-americano.

Fernand Vandérem (1864-1939) - Romancista e crítico literário francês.

Fernando Pessoa (1888-1935) - Poeta português, conhecido por seus muitos heterônimos, autor de *Mensagem*.

Fiódor Dostoiévski (1821-1881) - Escritor russo, autor de *Crime e castigo* e *Irmãos Karamázov*.

Florbela Espanca (1894-1930) - Poeta portuguesa, autora de *Livro de Mágoas*.

Francis Scott Fitzgerald (1896-1940) - Escritor norte-americano, autor de *O grande Gatsby*.

Franz Kafka (1883-1924) - Escritor tcheco de língua alemã. Um dos maiores nomes da literatura moderna, é autor de *A metamorfose*.

Friedrich Hegel (1770-1831) - Pensador alemão considerado criador da filosofia moderna.

Friedrich Nietzsche (1844-1900) - Filósofo e escritor alemão autor de *Assim falou Zaratustra* e *Além do bem e do mal*.

G. K. Chesterton (1874-1936) - Ensaísta e romancista inglês, criador do célebre personagem Padre Brown.

Gabriel García Márquez (1927-2014) - Escritor colombiano, autor do clássico *Cem anos de solidão*.

Georg Christoph Lichtenberg (1742-1799) - Filósofo, matemático e escritor alemão.

George Bernard Shaw (1856-1950) - Escritor e dramaturgo irlandês, autor de *Pigmaleão* e ganhador do Prêmio Nobel de Literatura de 1925.

George H. W. Bush (1924 -) - Foi o 41º presidente dos Estados Unidos, de 1989 a 1993. É pai do também presidente George W. Bush.

George Herbert (1593-1633) - Poeta, orador e sacerdote britânico.

George Mikes (1912-1987) - Escritor e humorista húngaro-britânico.

Georges Braque (1882-1963) - Pintor francês que, junto com Picasso, criou o Cubismo.

Gérard de Nerval (1808-1855) - Escritor francês.

Golda Meir (1898-1978) - Primeira-ministra do Estado de Israel entre 1969 e 1974.

Graham Greene (1904-1991) - Escritor inglês, autor de *O poder e a glória* e *Nosso homem em Havana*.

Groucho Marx (1890-1977) - Humorista e ator norte-americano.

Guido Ceronetti (1927-) - Escritor, tradutor e jornalista italiano.

Guillaume Apollinaire (1880-1918) - Escritor e crítico de arte francês, autor de *Álcoois*.

Gustave Flaubert (1821-1880) - Um dos mais importantes escritores franceses, autor de *Madame Bovary*.

Hannah Arendt (1906-1975) - Filósofa alemã, autora de *Eichmann em Jerusalém - Um relato sobre a banalidade do mal*.

Heinrich Heine (1797-1856) - Poeta, jornalista e ensaísta alemão.

Henri Jeanson (1900-1970) - Jornalista e escritor francês.

Henri Queuille (1884-1970) - Político francês.

Henry David Thoreau (1817-1862) - Ensaísta e poeta norte-americano, autor de *A desobediência civil*.

Henry Ford (1863-1947) - Empreendedor norte-americano, inventor da indústria automobilística.

Henry Miller (1891-1980) - Escritor norte-americano, autor da trilogia *Sexus*, *Plexus* e *Nexus*.

Henry Peter Brougham (1778-1868) - Chanceler e escritor britânico.

Homero (supostamente viveu no século VIII a.C.) - Poeta grego, autor dos poemas épicos *Odisseia* e *Ilíada*.

Honoré de Balzac (1799-1850) - Escritor francês, autor de *A comédia humana*, considerado o inventor do romance moderno.

Horácio (65 a.C.-8 a.C.) - Poeta e filósofo romano.

Ingrid Bergman (1915-1982) - Atriz sueca, protagonista do clássico *Casablanca*.

J. Byron (1927-) - Religioso e acadêmico norte-americano.

Jacques Mailhot (1949-) - Jornalista, radialista e compositor francês.

Jacques Prévert (1900-1977) - Poeta francês.

Jean Anouilh (1910-1987) - Grande dramaturgo e artista francês.

Jean Cocteau (1889-1963) - Poeta, desenhista, cineasta e romancista francês.

Jean de La Bruyère (1645-1696) - Moralista francês.

Jean Giraudoux (1882-1944) - Dramaturgo e romancista francês.

Jean-Jacques Rousseau (1712-1778) - Escritor, filósofo e teórico político francês, autor de *O contrato social*.

Jean Paul Getty (1892-1976) - Industrial do ramo do petróleo e bilionário norte-americano.

Jean-Paul Sartre (1905-1980) - Filósofo e romancista francês, criador do Existencialismo. Autor de *O idiota da família* e *O ser e o nada*.

Jean Rigaux (1909-1991) - Ator e cantor francês.

Jean Rostand (1894-1977) - Biólogo e filósofo francês.

Jennie J. Churchill (1854-1921) - Socialite americana, filha do bilionário Leonard Jerome e mãe de Winston Churchill.

Joan Rivers (1933-2014) - Apresentadora de televisão norte-americana.

Joe E. Lewis (1902-1971) - Cantor e comediante norte-americano.

Johann Wolfgang von Goethe (1749-1832) - Poeta, romancista, pensador e estadista alemão, autor de *Os sofrimentos do jovem Werther* e *Fausto*.

John Donne (1572-1631) - Poeta inglês.

John Maynard Keynes (1883-1946) - Economista britânico.

Joseph Conrad (1857-1924) - Escritor inglês de origem polonesa, autor de *O coração das trevas*.

Joseph Joubert (1754-1824) - Ensaísta e moralista francês.

Joseph-Marie de Maistre (1753-1821) - Escritor e filósofo francês.

Jostein Gaarder (1952-) - Filósofo norueguês autor de *O mundo de Sofia*.

Jules Renard (1864-1910) - Romancista e dramaturgo francês.

Junqueira Freire (1832-1855) - Poeta romântico brasileiro.

Khalil Gibran (1883-1931) - Escritor místico, poeta e artista libanês, conhecido por seu livro *O profeta*.

L. Potter (1979-) - Jornalista brasileiro.

La Fontaine (1621-1695) - Poeta e grande fabulista francês.

La Pasionaria (Isidora Ibárruri Gómez) (1895-1989) - Líder comunista basca e ativista na Guerra Civil Espanhola.

La Rochefoucauld (1613-1680) - Aristocrata francês, autor de *Reflexões ou sentenças e máximas morais*, pioneiro no gênero de máximas e aforismos.

Lampedusa (Conde Giuseppe Tomasi di Lampedusa) (1896-1957) - Escritor italiano autor do clássico *O leopardo*.

Laura Kightlinger (1969-) - Atriz e escritora norte-americana.

Laurence J. Peter (1919-1990) - Administrador e educador canadense.

Laurence Sterne (1713-1768) - Escritor e religioso irlandês, autor de *A vida e as opiniões do cavalheiro Tristram Shandy*.

Léo Campion (1905-1992) - Ator, humorista e caricaturista francês.

Leon Trótski (1879-1940) - Comunista russo, um dos principais líderes da Revolução de Outubro de 1917 e fundador do Exército Vermelho.

Leonardo da Vinci (1452-1519) - A mais importante figura do Renascimento. Atuou em todos os campos da arte e da ciência. Pintou a *Monalisa*, o quadro mais famoso do mundo.

Li Bai (701-762) - Poeta chinês.

Linda Ellerbee (1944-) - Jornalista norte-americana.

Logan Pearsall (1865-1946) - Ensaísta e crítico norte-americano.

Machado de Assis (1839-1908) - Romancista, poeta e contista. É fundador da Academia Brasileira de Letras e autor de *Memórias póstumas de Brás Cubas* e *Dom Casmurro*.

Mae West (1893-1980) - Atriz norte-americana, um dos maiores símbolos sexuais da década de 1930.

Mahatma Gandhi (1869-1948) - Místico, pacifista, defensor da não violência, líder político indiano que lutou pela emancipação do seu país.

Malala Yousafzai (1997-) - Ativista paquistanesa pelo direito das mulheres à educação nos países mais radicais da África e Oriente Médio. Recebeu o prêmio Nobel da Paz em 2014.

Malcolm X (1925-1965) - Ativista radical pelos direitos civis dos negros norte-americanos. Sua *Autobiografia de Malcolm X* é considerada um dos dez livros mais importantes do século XX.

Maquiavel (1469-1527) - Político, historiador, diplomata e escritor italiano. Considerado o criador da Teoria do Estado, é conhecido por sua obra *O príncipe*.

Marcel Proust (1871-1922) - Célebre escritor francês, autor de *Em busca do tempo perdido*.

Margaret Thatcher (1925-2013) - Primeira-ministra inglesa entre os anos de 1979 e 1990.

Mario Quintana (1906-1994) - Poeta brasileiro autor de *A rua dos cataventos*.

Mark Twain (1835-1910) - Um dos maiores escritores norte-americanos de todos os tempos. Autor de *As aventuras de Huckleberry Finn* e *As aventuras de Tom Sawyer*.

Marlene Dietrich (1901-1992) - Estrela de cinema alemã, protagonista de *O anjo azul*.

Martin Luther King (1929-1968) - Pastor e ativista político norte--americano, líder do movimento pelos direitos civis dos negros nos Estados Unidos.

Martin Niemöller (1892-1984) - Pastor e poeta alemão, recebeu o Prêmio Lênin da Paz em 1966.

Maurice Chapelan (1906-1992) - Escritor, gramático e jornalista francês.

Michel Audiard (1920-1985) - Roteirista e diretor de cinema francês.

Miguel de Cervantes (1547-1616) - Escritor e poeta espanhol, autor de *Dom Quixote de la Mancha*, um dos livros mais célebres da literatura mundial.

Miguel de Unamuno (1864-1936) - Filósofo, ensaísta, poeta e romancista espanhol.

Milan Kundera (1929-) - Romancista tcheco, autor de *A insustentável leveza do ser*.

Millôr Fernandes (1923-2012) - Desenhista, humorista, dramaturgo, escritor, poeta, tradutor e jornalista brasileiro. Autor de *Millôr Definitivo - a Bíblia do Caos* com 5.299 frases.

Molière (1622-1673) - Dramaturgo e ator francês, considerado um mestre da comédia satírica.

Montaigne (1533-1592) - Filósofo francês, influenciou decisivamente a filosofia moderna.

Napoleão Bonaparte (1769-1821) - Grande general, estadista e imperador da França.

Nelson Mandela (1918-2013) - Considerado o mais importante líder da África Negra. Presidente da África do Sul entre 1994 e 1999, recebeu o Prêmio Nobel da Paz pela sua luta contra o Apartheid.

Nelson Rodrigues (1912-1980) - Jornalista e dramaturgo brasileiro, autor de *O beijo no asfalto*.

Nicolas de Chamfort (1740-1794) - Escritor e humorista francês.

Nicole Hollander (1939-) - Cartunista norte-americana, criadora da personagem Sylvia.

Norman Mailer (1923-2007) - Escritor norte-americano, um dos criadores do New Journalism.

O. Henry (1862-1910) - Um dos mais populares contistas americanos, autor de *O presente dos magos*.

Omar Khayyam (1048-1131) - Filósofo, poeta, matemático e astrônomo persa, autor de *Rubaiyat*.

Ortega y Gasset (1883-1955) - Filósofo espanhol.

Oscar Wilde (1854-1900) - Romancista, ensaísta, poeta e dramaturgo inglês autor de *O retrato de Dorian Gray*.

Otto von Bismarck (1815-1898) - Diplomata e político alemão.

Pablo Picasso (1881-1973) - Pintor espanhol, um dos fundadores da arte moderna.

Pascal (1623-1662) - Filósofo e matemático francês.

Paul Claudel (1868-1955) - Diplomata, poeta e dramaturgo francês.

Paul Morand (1888-1976) - Diplomata, poeta, novelista e dramaturgo francês.

Paul Valéry (1871-1945) - Ensaísta e grande poeta francês.

Paulo Mendes Campos (1922-1991) - Cronista e poeta brasileiro, autor de *O domingo azul do mar*.

Petr Skrabanek (1940-1994) - Médico e escritor tcheco radicado na Irlanda.

Philippe Labro (1936-) - Premiado escritor e jornalista francês.

Pierre Doris (1919-2009) - Ator e comediante francês.

Pierre Étaix (1928-2016) - Cineasta francês.

Pierre-Joseph Proudhon (1809-1865) - Filósofo, político e um dos teóricos da doutrina anarquista.

Pierre Perret (1934-) - Compositor e intérprete francês.

Pierre Véron (1833-1900) - Escritor e jornalista francês.

Platão (428 a.C.-348 a.C.) - Filósofo grego, discípulo de Sócrates. Aristóteles foi seu discípulo. Um dos filósofos mais influentes da história.

Plutarco (45-120) - Historiador, biógrafo e filósofo grego, autor de *Vidas paralelas*.

Princesa de Metternich (Paulina Clementina de Metternich-Winneburg) (1836-1921) - Aristocrata, frequentou as cortes de Viena e Paris.

René Baer (1887-1962) - Letrista e escritor francês.

René Descartes (1596-1650) - Filósofo, físico e matemático francês, autor de *Discurso do método*.

Robert Beauvais (1911-1982) - Escritor, roteirista e produtor francês.

Robert Capa (1913-1954) - Fotógrafo húngaro, foi o mais célebre de todos os correspondentes de guerra. Fotografou o desembarque na Normandia em 1944. Morreu em ação ao pisar numa mina na Guerra da Indochina.

Robert G. Ingersoll (1833-1899) - Livre pensador norte-americano, orador e líder político, crítico da religião cristã.

Robert Louis Stevenson (1850-1894) - Escritor escocês, autor de *O médico e o monstro* e de *A ilha do tesouro*.

Roger de Bussy-Rabutin (1618-1693) - Escritor memorialista francês.

Ruy Barbosa (1849-1923) - Diplomata, jornalista e escritor brasileiro.

Sacha Guitry (1885-1957) - Ator, roteirista, dramaturgo e diretor russo naturalizado francês.

Salvador Dalí (1904-1989) - Pintor espanhol, um dos expoentes do Surrealismo.

Sammy Davis Jr. (1925-1990) - Célebre cantor, dançarino e ator norte-americano.

Santo Agostinho (354-430) - Importante teólogo e filósofo dos primeiros tempos do catolicismo.

São João Crisóstomo (347-407) - Foi arcebispo de Constantinopla e é conhecido como um dos mais importantes próceres do cristianismo dos primeiros tempos.

Sêneca (4 a.C.-65 d.C.) - Poeta, estadista e filósofo latino.

Serge Gainsbourg (1928-1991) - Poeta, ator, cantor e compositor francês.

Shelley Winters (1920-2006) - Atriz norte-americana.

Sidney Smith (1771-1845) - Escritor inglês.

Sigmund Freud (1856-1939) - Médico, cientista, escritor e fundador da Psicanálise.

Sócrates (469 a.C.-399 a.C.) - Filósofo grego, mestre de Platão e um dos mais importantes pensadores da história da humanidade.

Sofocleto (Luis Felipe Angell de Lama) (1926-2004) - Escritor, poeta e humorista peruano.

Solomon ibn Gabirol (1021-1058) - Judeu andaluz, poeta e filósofo.

Sophie Tucker (1887-1966) - Cantora e atriz ucraniana radicada nos Estados Unidos.

Soren Kierkegaard (1813-1855) - Filósofo e teólogo dinamarquês.

Stirling Moss (1929-) - Piloto de Fórmula 1, quatro vezes vice-campeão mundial.

Talleyrand (Charles-Maurice de Talleyrand-Périgord) (1754-1838) - Influente político e diplomata francês.

Terêncio (185 a.C.-159 a.C.) - Dramaturgo e poeta romano.

Thomas Hobbes (1588-1679) - Teórico, filósofo e matemático inglês. Autor de *Leviatã*.

Tiger Woods (1975-) - Atleta norte-americano, um dos maiores golfistas de todos os tempos.

Timothy Leary (1920-1996) - Psicólogo e neurocientista norte-americano, responsável pela divulgação do LSD.

Tom Jobim (1927-1994) - Maestro e compositor brasileiro autor de "Garota de Ipanema" (com Vinicius de Moraes).

Victor Hugo (1802-1885) - Poeta e romancista francês autor de *Os miseráveis*.

Vinicius de Moraes (1913-1980) - Poeta, diplomata e músico brasileiro.

Vladimir Ilitch Lênin (1870-1924) - Principal líder da revolução comunista na Rússia em 1917.

Voltaire (1694-1778) - Escritor e filósofo francês, autor de *Cândido ou o otimismo*.

W. C. Fields (1880-1946) - Humorista e ator norte-americano.

W. Somerset Maugham (1874-1965) - Grande escritor inglês, autor de *Servidão humana*.

Walt Disney (1901-1966) - Desenhista, produtor cinematográfico, mais importante personalidade do desenho animado mundial.

Wassily Kandinsky (1866-1944) - Pintor russo, fundador do Abstracionismo.

Will Rogers (1879-1935) - Ator e comediante norte-americano, pré-candidato à presidência da República em 1928.

William Shakespeare (1564-1616) - Dramaturgo inglês. Um dos mais importantes autores de todos os tempos.

Winston Churchill (1874-1965) - Estadista, militar e escritor britânico. Prêmio Nobel de Literatura de 1953.

Woody Allen (1935-) - Diretor de cinema, ator e escritor norte-americano.

Zeno (489 a.C.-430 a.C.) - Filósofo grego pré-socrático.

Zsa Zsa Gabor (1917-) - Atriz austro-húngara de grande beleza, diva nos anos 1930, 40 e 50.